旺華国後宮の薬師 7

甲斐田紫乃

富士見L文庫

旺華国《おうかこく》に巡り来たる、鮮やかにして新たなる春。

眠りから目覚めた命は大地に芽吹き、花々の蕾《つぼみ》は綻びはじめる。

皇帝・朱心《しゅしん》のもとにある後宮もまた、新たなる主《あるじ》を迎えんとしていた。

たとえ千紫万紅の楽園であろうと、頂に登るはただ一人。

されど今、董英鈴《とうえいりん》の眼前にあるのは二つの道だった。

至高の座か、見果てぬ夢か。

無窮の絆《きずな》か、『不苦の良薬』か。

絶え間なく迫り来た難事、向けられた悪意の刃を撥《は》ね除《の》けた先にあるのは、たった一つの大きな選択。

生半《なまなか》にては、どちらも成らず。されど捨てるに惜しい道。

賢き者ならば、安寧と繁栄を選ぶだろう。

果敢なる者ならば、怯《ひる》まず己の道を選ぶだろう。

だが、英鈴は――

後の世に名高き「薬妃《やくひ》」、最後の大仕事。

それは常と変わらぬ、薬童代理の任をこなす時より始まった。

第一章　英鈴、薬も匙加減たること

厳しい冬は、とうに終わりを告げた。

人々は綿を抜いた衣に身を包み、賑《にぎ》やかに大路を行き交う。滔々《とうとう》と流れる葉河《ようが》と茎河《けいが》の水面《みなも》にはいくつもの舟が浮かび、その間を、優しく暖かな風が吹き抜けていく。

そして風は、ほのかな梅の香《か》を乗せていた。

旺華国《おうかこく》の首都・華州《かしゅう》は臨寧《りんねい》——禁城の渡り廊下を歩く英鈴《えいりん》は、鼻腔《びこう》をくすぐるその芳香に、ふと微笑《ほほえ》む。庭を見やれば、そこには色とりどりの花が咲き誇っていた。

けれど、のんびりしてはいられない。気を引き締め、目的の部屋へと急ぐ。その手には、小さな皿を載せた盆を携えていた。

「失礼いたします」

「おお董貴妃《とうきひ》、よく来たな」

許可を得て部屋に足を踏み入れると、黒檀《こくたん》の椅子に座る貴人——すなわち皇帝たる丁朱《ていしゅ》心《しん》が、鷹揚《おうよう》な笑みを湛《たた》えてこちらを見つめた。

どうやら朝餉《あさげ》の直前まで、執務の時間に充てていたようだ。彼は手にしていた書き付けを素早く傍らの文官に渡すと──文官は深く礼をして恭しく去っていった──次いで、なおも穏やかに言う。

「朝早くから大儀だった。しかし、その様子を見るに」

と、彼の笑みがにわかに酷薄なものに変わった。

「例の薬の服用法が完成したとみえる。私を失望させぬものを持ってきたのだろうな」

「もちろんです、陛下」

英鈴は拱手《きょうしゅ》し、きっぱりと答える。今この部屋にいるのは、自分と朱心を除けば、宦《かん》官《がん》の王燕志《おうえんし》だけ。そして皇帝陛下が「裏」の顔を見せるのも、この状況でのみ。

この光景は英鈴が薬童代理になって以来、変わってなどいない。けれど一つだけ、今までと大きく変わった点があった。それは朱心の纏《まと》う上衣が、服喪を示す白ではなく、至尊の位を示す黄に朱の裏地のものになっていることだ。

自らの命と治世、さらに国全体の秩序をも奪おうとした卑劣な罠《わな》を乗り越えて、朱心は既に、名実ともに旺華国を治める存在となっていた。

彼の衣の色を見るたびに、そのことを実感できる。のみならず、事件のさなかに彼の助けになれた自分自身が少し誇らしく思えて、英鈴はいつも嬉《うれ》しい気持ちになった。

同時に頭を過《よ》ぎるのは、半月ほど前の秘薬苑《ひやくえん》での出来事――

『私の皇后になってくれ』

こちらの手を取った朱心から、真摯な申し込みを受けた時は驚きのあまり、ほとんど反射的に「はい」と答えるばかりだったけれど。

（あの日からずっと、私、夢の中にいるみたい）

ふわふわとした温《ぬく》もりは胸の奥底で、ずっと消えずに息づいている。

立后の儀は十五日後、すなわち、朱心の帝位継承を祝う『龍恵祭《りゅうけいさい》』が終わった四日後に執り行われると決まっている。

――早く明日になってほしいと願い、指折り数えて待つだなんて、いつ以来だろう。

皇后という立場の責任を思えば、こんな浮ついた気持ちでいるのはよくないと重々わかっている。それでも英鈴にとって、この状況は夢のようなものなのだ。

（あ……いけない！）

静かに歩み寄ってきた燕志の姿を見て、我に返る。

今は仕事の時間。新しく開発した服用法を、早く朱心に説明しなくては。

燕志に盆を託すと、英鈴はまた頭《こうべ》を垂れた。

一方で、朱心は燕志から渡された皿の上のもの——円筒形の茶碗《ちゃわん》の中にあるつややかな黄色い物体を見て、わずかに訝《いぶか》しげにしている。

「これは、鶏蛋羹《ちゃわんむし》か？」

「いいえ、恐れながら」

真面目な面持ちで、英鈴は説明した。

「卵液を茶碗に入れて作ったという点では鶏蛋羹に似た品ですが、その他の製法や味わいは異なっております。どうぞ、まずは一口お召し上がりください」

「ほう。ずいぶんと自信があるとみえる」

「僭越《せんえつ》ながら、陛下お好みの甘い味に仕立てましたので」

甘さを味わうためにも、匙《さじ》を縦に入れ、底から掬《すく》うようにして食べてほしいと伝えると、試すような視線を送りながらも、朱心はその通りに手を動かした。

柔らかな黄色い塊には簡単に匙が入り、一口分が掬い上げられる。ぷるぷると揺れる塊には褐色の汁、つまり糖醬《タンジャン》がついていた。糖醬は茶碗の底に入れられているものだと、もちろん英鈴は知っている。

「……」

無言のままに匙を口に入れた朱心の目は、直後、少し驚いたように見開かれる。そのまま二口目、三口目と、彼は茶碗の中身を食べ進めていった。

（気に入っていただけたかも……？）

我知らずわくわくした気持ちでいると、半分ほど食べたところで、朱心がこちらに視線を向けて口を開く。

「確かに甘く、食べやすい一品だ。だが解《げ》せぬな……本当にこれが、あの苦い薬なのか？」

「はい」

力強く、英鈴は頷《うなず》く。

「そちらは間違いなく、『黄連阿膠仙湯《おうれんあきょうせんとう》』を用いた不苦の良薬・『黄膠羹《こうりょうかん》』です」

自分でつけた名前で呼ぶのも少し気恥ずかしいけれど、それ以外に呼びようがないので仕方ない。

「黄連阿膠仙湯は、心労が原因の火照りや不眠を改善する薬です。精神的な疲れで気・血・水のうち水が不足すると、口が渇き、顔がのぼせ、気分が落ち着かなくなる症状が出ます」

その状態を、医学の世界では『陰虚』と呼ぶ。そして黄連阿膠仙湯は心や胃の過剰な熱を冷ます効能のある黄連《おうれん》と、身体《からだ》に潤いを与える阿膠《あきょう》、そして滋養があり心を落ち着ける作用のある卵黄などを含んでおり——つまり、陰虚を改善する薬なのだ。

帝位継承後、多忙な日々を過ごす朱心を癒《いや》すのに、まさにぴったりだといえる。

「ですがご存じの通り、黄連は非常に苦い草木です。そこで今回は薬を構成する草木のうち、卵黄と阿膠に注目しました」

「ふむ」

朱心は碗《わん》の中身をしげしげと見つめた。

「なるほど、元より卵黄が薬に含まれていたのか」

「仰《おっしゃ》る通りです。そして卵黄をその形に固めているのが、阿膠なのです。阿膠とは、簡単に言うとニカワなのですが……」

ニカワと聞いた朱心の顔が、さらに訝しげになる。けれどそれも当然かもしれない。日常的には、ニカワといえば接着剤にしたり、墨を作ったりするのに使うものだからだ。

「寒天《かんてん》を使ったお菓子があるのはご存じだと思います。実はニカワにも寒天と同じく、液体を軟らかく固める効能があるのです。煮凝《にこご》りなどが典型例ですね。今回は卵黄に阿膠を加えて冷やし、固めて、寒天のお菓子と同じような食感にしてみました」

そして一番の問題だった黄連は、その苦みを生かして糖醤に混ぜてある。

「膠飴《こうい》に水を加えて煮詰めると、甘くほろ苦い褐色の汁・糖醤ができます。そこに、黄連の粉末を溶かし込んだのです。卵を使った焼き菓子に糖醤がかけてあるものを食べたことがあり、それで思いつきました」

「そうか」

相槌《あいづち》を打ちながら、朱心はまた匙を口に運んだ。

「……なるほど。苦みが残ってはいるが、かえって膠飴の甘みを引き立てている。軟らかく固めた卵も、喉越しがいい。食前に服す薬として、適した味わいと言えるな」

空になった茶碗を、朱心は食卓に置いた。手巾《しゅきん》で口元を拭った後、満足げに告げる。

「此度《こたび》の不苦の良薬も、数日で作ったとは思えぬ出来だった。その自負に相応《ふさわ》しい実力だと、改めて認めてやろう」

こちらに向けられている朱心の瞳は、峻厳《しゅんげん》な光は宿しつつも、どこか優しく見えた。

「あっ、ありがとうございます！」

平伏《ひれふ》し、礼を告げながら、胸はやはりどきどきと激しく脈打っている。

薬童代理として仕事をして、褒めていただけるのは何度目だろう。でも何度だって、この幸せな気持ちは変わらないのだ。

かたや朱心は肘掛けを使って頬杖《ほおづえ》をつくと、クク》と短く笑った。

「そういえば、此度の薬に入っている苦みのある草木……黄連だったか。かの『潤心涙《じゅんしんるい》』

にも、黄連が入っていたな」

「はい！　黄連や黄柏《おうばく》など、苦寒薬の代表といえる草木が集まった薬でしたね」

初めて朱心の「裏」の顔を知ったその直後に、苦渇病《くかつびょう》の特効薬である潤心涙の服用法を考えるよう命令されたあの日が、今となっては懐かしい。

（昔は私、陛下のことをすごく怖がっていたっけ……）

もちろん今も、畏敬の念は抱いている。しかし以前と比べれば、朱心との関係は大きく変わった気がしていた。そして、自分自身の心境も。

（いろいろあったものね。冤罪《えんざい》を着せられたり、暗殺されそうになったり、後宮を追い出されたり）

そう思うとなんだか遠い目になってしまいそうになるけれど、朱心の「ふむ」という一言で、一気に我に返る。

視線を送れば、朱心は再び手にした碗の中身を、またもじっと見つめていた。

「しかし、ニカワにこのような作用があるとは知らなかった。薬師なれば、知っていて当然の知識といったところか？」

「そうですね、ある程度は」

正直に応える。

「そもそも阿膠は、完全に動物由来という点で珍しい生薬の一つです。それに、ものによっては非常に高価なので……薬師としても印象深い品ですね」

――思い出すのは数日前、朱心から新たに不苦の良薬を作るように命令を受けた時。

支給された大量の阿膠を目にした時の興奮が、今また胸の内に蘇《よみがえ》ってきた。

「動物の骨や皮などを煮れば、ニカワは作れます。しかし生薬として良品を得るには、その材料から拘《こだわ》らなくてはなりません」

「材料から？」

「はい。阿膠を作るには、ロバの皮が一番だと言われております」

ロバと聞いて、朱心はまた顔を顰《しか》めている。

そこで英鈴は、丁寧に伝えることにした。

「牛や羊の皮も、阿膠の材料にはなります。ですが最良の効能を得るには『陰』の性質が強い動物、つまり忍耐力があり大人しいロバの皮が必要とされているのです。そしてロバの上質な皮は、それだけ高額ですから……」

つまり上等なロバの皮を手に入れ、良品の阿膠に加工するには、かなりの金子と手間がかかる。そんな貴重なものを今回、研究のために好きに使っていいと渡されていたのだ。

（皇帝陛下のお口に入る薬なのだから、お金に糸目をつけないのは当然だけれど……）

さすがは直々のご命令と、自然と気合が入ったのをよく覚えている。

「そんな阿膠を、今回はお蔭様《かげさま》でふんだんに使えました。陛下のお口に合う不苦の良薬を作れたのならば、まさに薬師冥利に尽きる思いです」

「ほう。そこまで言い切るか」

「はい！」

思わず拳を握り、英鈴はさらに勢いづいて語った。

「ロバ皮製の阿膠は、実家にいた頃でもめったに扱わないほど希少でしたから。もし手に入ったらいろいろな服用法を試そうと思って、前々からあれこれと考えてはいたのですが、実践できる場がなくて……。ですから貴重な機会をいただけて、本当に嬉しかったです！」

「そうか」

朱心は頬杖をやめると、ひたとこちらを見据えた。

「では、最後によい思い出ができたな」

響いたのは、冷たい言葉。最初はその意を汲《く》みかね、次に己の耳を疑った英鈴の口からは、勝手に呆《ほう》けた声が出ていた。

「え……？　陛下、あの」

幾度か目を瞬《しばたた》かせてから、そっと告げる。

「お、恐れながら……最後にとは、どういう」

「わからぬか？　単純な道理のはずだが」

朱心の面持ちは、この上なく真面目なものだった。普段なら――そういつもであれば、薬の話でつい興奮して話しすぎてしまった自分を、朱心は呆《あき》れ顔で見つめていたはずだ。そして赦《ゆる》しを得て、ほっとして、後宮に戻る。そんな時間を過ごしていたに違いない。

でも今は違う。朱心は為政者として、この国の尊位にある者としての怜悧《れいり》な瞳で、ただ冷静に語った。

「これまでにも告げていたはずだ。立后を経て皇后となれば、もはや気楽な日々は許されん。薬の道にかまける余裕も時間もなくなるだろう。なればお前の薬童代理としての任も、不苦の良薬の開発も、これにて終了というわけだ」

「そっ……！」

――そんな、という言葉が、喉の奥まで出かかった。しかし自ら、それを呑《の》み込む。

もっともだと思ったからだ。朱心の言葉も、判断も、すべて。

愕然《がくぜん》として床についた手から一気に熱が奪われ、唇が乾くような錯覚を覚えながら、英鈴は心の中で呟《つぶや》いた。

(陛下は前に仰っていた……皇后になれば後宮の管理だけでなく、政務や財務、異国とのやり取りに参じる時もある。執務に押しつぶされないように、注意しておけと)

皇帝を一番近くで支える存在である皇后は、いわばこの旺華国の柱石の一つだ。

そんな重要な役職にあれば、必然的にそれで手一杯になるだろうし――本来求められていない仕事をして過ごしていれば、周囲からは、皇后としての執務をなおざりにしているように見えるだろう。

皇后になるなら、諦めねばならないものがある。

「何、悲観する必要はない」

俯《うつむ》いた英鈴を諭すような声音で、朱心は語りかける。

「不苦の良薬が、この世から消えてなくなるわけではない。代わりはもう、用意してあるのだからな」

代わり？

あまりにも不穏な言葉を聞いて、英鈴は思わず身じろぎした。応じるように、朱心が続きを述べる。

「以前から伝えている通りだ。不苦の良薬については、我が国にいる他の薬師たちに既に伝え、学ばせている。新しい処方の開発に成功する者も、いずれは増えていくだろう。今後の研究や開発は他の薬師たちに託し、お前はお前のすべき任を果たせばよい」

――陛下が不苦の良薬を広めたのは、薬の仕事を手放させるためだったのだろうか？

一瞬だけ湧き上がったそんな感情を、心の中で振り払う。

これもまた、朱心の言う通りだ。不苦の良薬――誰でも苦しまずに薬を飲める服用法を多くの人に広め、より多くの人を救うのが、自分の願い。そのためには、他の多くの薬師たちにも不苦の良薬の利点を知ってもらい、研究してもらう必要がある。

そして朱心ならば間違いなく、既に今そうであるようにこれからも、他の薬師たちに服用法を広めてくれるだろう。いずれは緑風《りょくふう》のように、新たな処方を作り出してくれる薬師が現れるに違いない。

（今、私が開発を止めたとしても……不苦の良薬で救われる人が増えるのには変わりない）

だから悲しく思うのは、とても傲慢なことなのだ。

平凡な出自から後宮の貴妃の座に就き、さらに次期皇后となって、大切な人を支えられるという幸運を得ておきながら――あれもこれもと、強欲に叶《かな》えたがるなんて。皇帝専属のお薬係としての仕事を辞す段になって、やりがいを失うような気持ちになるなんて。

(でも……でも、私は!)

床に触れる指先に力を籠める。自然と、歯を食いしばっていた。

朱心になんと返事をすればいいのかわからない。承知しましたと、今後は皇后として力を尽くしますと、その一言を発することができない。

(何を言えばいいんだろう。私はどうしたら……)

無限にすら思える時間、唇を噛《か》んで震えていた。

するとややあってから、朱心の声が耳に届く。

「まあ、いきなり辞めよと命じるのも酷か」

「!」

はっと顔を上げてみれば、朱心はいつものような冷たい笑みを浮かべていた。

「ならば選べ、董貴妃。皇后か、薬師の道か」

「えっ……!?」

選ぶ——という一言に、つい目を丸くしてしまう。そんなこちらの表情の変化が面白かったのか、朱心はさらに笑みを濃くした。

「先ほど告げた通り、皇后となるならば、薬の研究は諦めてもらう。一方で、薬の道のみを選ぶのもよい。相応の覚悟があるならな」

「覚悟……？」

「忘れたとは言わせぬぞ」

朱心は眉を顰《ひそ》める。

「先日、お前からは皇后になる旨の言質《げんち》をとってある。今さら翻意して退くというのであれば当然、後宮にお前の居場所はない。即刻立ち去ってもらう」

確かに――皇后になるとこちらが承諾した時、朱心は言っていた。

『わかっているだろうが、これを覆せばお前は背信行為を働いたこととなる。ゆめ忘れるなよ』

それでも、こんな二択を突きつけられるだなんて。

皇后になって、薬師としての仕事を手放すか。

それとも薬師の道を選んで、後宮から出て行くか。

（そんなの、選べるわけないよ！）

声にならない叫びが、きいんと耳を劈《つんざ》くように感じた。

はいともいいえとも答えられずに、再び視線を床に落とす。すると聞こえるのは、朱心のさらなる一言だった。

「そういえば十日後に、龍恵祭があるな。だろう、燕志」

「はい、陛下」

問われた燕志は、常と変わらぬ穏やかな態度で答える。

「先帝陛下ご即位の際と同じく、御苑《ぎょえん》を開放して二日間執り行われる予定でございます」

龍恵祭──帝位が継承された後にのみ開催される、特別な祭。新しい皇帝陛下の治世の素晴らしさを龍神《りゅうじん》に示すために行われるもので、旺華国各地から集められた珠玉の名産品や掘り出し物の数々が、この時にのみ開かれる市に並ぶ。

この上なく民が活気づく、賑《にぎ》やかな催しだ。

そんな龍恵祭の日程を聞いた朱心は、得心したように短く鼻を鳴らした。それから、英鈴に向き直ってこう告げる。

「ではこうしよう。答えは、龍恵祭が終わるまで待ってやる」

「……」

「祭が終わり次第、お前の返答を聞かせよ。……ククッ」

低く冷たく、朱心は笑う。

「お前がこの場で答えを出すとは、はなから思っておらぬ。我が慧眼《けいがん》と慈悲に深く感謝し、好きなだけ思い悩むがいい」

（またそんなことを言って……！）

めらっと胸の内に燃え上がりそうになった炎は、また燻《くすぶ》って消えてしまう。

——本当に陛下の仰《おっしゃ》る通りだ、何もかも。

皇后になる日が待ち遠しいだなんて、まさに浮ついた考えだった。

事の深刻さから目を逸《そ》らしていたばかりに、こんな事態になってしまった。猶予を与えてもらったというだけでも、感謝しなければならない。だから——

「承知いたしました、陛下」

拱手《きょうしゅ》して深く礼をし、英鈴は応える。

「龍恵祭が終わる日まで……よく、考えるようにいたします」

また頬杖《ほおづえ》をついて言った朱心は「ああ」と声を発して付け加える。

「後悔のなきようにな」

「今後は、食前の薬の手配も無用だ」

「えっ」

「言っただろう、お前の代わりは用意してあると。新たな処方はまだ開発できなくとも、既存の処方での薬の提供を任せられる薬師は既にいる」

これからしばらくの間は、帝位継承を祝う各国の賓客の対応もあって、朱心の仕事はさらに多忙を極める。そういうこともあって、後宮から英鈴を呼ぶのではなく、何人かの薬師たちが持ち回りで黄膠羹の提供を行うこととなった。

つまり早くも、薬に関する仕事は他の人に任せる手筈《てはず》となったのだ。

役目を取られたと悲しむなんて、まるで子どものようだというのに——こちらの心だけを置いて、すべてがすさまじい速さで変化していく。

(私、どうしたら……)

そんな言葉だけを繰り返しながら、後宮の自室へと戻る足取りは重い。

風に乗る梅の香も、もう心を慰めはしなかった。

何よりも重たく厳然とした一つの選択が、胸を押し潰しているから。

＊＊＊

「おかえりなさい、英鈴！」

部屋に入ると、宮女の雪花《せっか》が明るく出迎えてくれた。彼女の顔を見て、ほんの少しだけ気持ちが軽くなる。悩みを明かしたら、もっと心が軽くなるかもしれない。けれど——

(心配をかけるわけにはいかない。これは、私だけの問題だもの)

英鈴は努めて笑顔を作ると、わざと明るく答えた。

「ただいま！　えっと、黄膠羹は気に入っていただけたみたい」

「ほんと？　よかった！　毎日遅くまで頑張ったからだよ、さすがは董貴妃様だね！」

屈託なくそう告げた後、雪花は何か思い出したような表情になる。

「そうだ、昨日も話したけど念のために伝えておくね。今日は嬪《ひん》の方が合わせて三人、英鈴にご挨拶をっておいでになる予定だよ。朝ご飯の後は、けっこう忙しくなりそうだね」

「あ……」

と、一気に意識が現実に引き戻されたような心地になる。そういえば今日は従二品の嬪たちが、わざわざこちらに挨拶に来ると言っていたのだった。

（連絡があったのが、ちょうど黄膠羹を作っている時だったから忙しくて……今日なら大丈夫だって、伝えておいてもらったんだっけ）

今までは、こんなふうに訪問者の予定が入ることなどなかった。というより、嬪がこの部屋を来訪するという状況自体が珍しい。楊太儀《ようたいぎ》や王淑妃《おうしゅくひ》を除いたほとんどの妃嬪《ひひん》たちは、陰口を叩《たた》くか、嫌がらせをするか、または無視するばかりだったから。

けれどここ数日は、その状況も大きく変わっている。

どうやら英鈴が次期皇后に選ばれたというのが、後宮で噂《うわさ》となっているらしい。

もちろん英鈴自身は、決して言いふらしたりなどしていない。しかし人の口に戸は立てられず、後宮の女性たちに内緒話などあってないようなものなのだというのは、いい加減理解している。

(お客様が来るんだもの、きちんとご挨拶しなきゃ。こういう機会は、大事にしなくてはいけないし……)

来訪者があるというのを初めて聞いた時から、その気持ちはまったく変わっていない。暗殺や陰謀が横行したこれまでの後宮の歴史を朱心の世では繰り返さないためにも、まずは妃嬪同士、互いをよく知るのが先決だと思うからだ。

今は、自分の悩みに浸っている場合ではない。負うべき責務に見合うように、恥ずかしくない振る舞いをしなければ。

(相手の方々は私が、次期皇后だと思っているんだから)

——当の本人の心が、迷って揺れ動いているとは知る由もなく。

詮ない言葉が聞こえた気がして、内心で頭《かぶり》を振った。

一方、妃《きさき》のために用意された彩り鮮やかな朝餉《あさげ》——卵と春野菜の炒《いた》め物、空豆としらすの粥《かゆ》、蜜がけの木苺《きいちご》などの皿を並べていた雪花は「そうそう!」と声を発してから続ける。

「それから、明後日には龍恵祭でお店に出す品のお披露目会があるよ。売りに出してもいいものを、適当に選んでおいてね」

「えっ、あ……そうか。それもやっておかないとね」

すっかり忘れていた。龍恵祭には、後宮の妃嬪も関わることになっている。旺華国各地の名産品が並ぶ市の一角には、妃嬪たちからの下賜品も売り物として並ぶ予定なのだ。

(龍神の名代たる皇帝陛下の奥方として、民に恵みを与えるという名目で……売上は、貧しい人たちへの支援に使われるということだけれど)

つまり当然、貴妃たる英鈴も何か品を用意しなければならない。

そして下賜するにあたっては、妃嬪同士で品が被《かぶ》ってしまわないよう、事前に出品内容を確認するためのお披露目会が開かれる。もちろんお披露目会という名の、自慢大会になるのは目に見えているが――ともかくそれまでに「貴妃らしく」さらに「次期皇后にふさわしい」ものを選んでおく必要があるというわけだ。

(うう……黄膠羹を作っている時は、『終わってから悩めば大丈夫』なんて思っていたのに)

こんな状況になると知っていたら、後回しになんてしなかった。

皇后か、薬師か。重たい選択肢が頭をちらついてばかりの状況で、やらなければならない仕事ばかりが、目まぐるしくやってくる。

食卓についた英鈴は、思わず小さくため息をついた。

「どうしたの？」

すかさず、雪花の心配そうな声が飛んでくる。

「ねえ、戻ってきた時から調子が悪そうだよ。何か悩みごと？」

「あっ……いえ、大丈夫」

咄嗟《とっさ》に否定し、親友に微笑《ほほえ》みかける。

「陛下にお会いしたら、ちょっと疲れてしまって。でも、仕事はちゃんとやれるから」

「そう？　無理しないでね。今までだって、ずっと頑張ってきたんだから」

雪花はころりと表情を明るくすると、元気が出るようにおやつを持ってくる！　と意気込んで部屋を出ていった。

その背を目で追ってから、またため息をついてしまう。

(他の人に夢を託したくないっていうのは、単なる私のわがままだ)

ほかほかと湯気のあがる粥を口に運ぶ。けれどなんだか、味がよくわからない。

(だったら、いっそわがままを貫き通して薬師の道を選べばいいのかな。でも……)

そうしたら、陰謀や怨念のない新しい後宮を作りたいという夢は捨てなければならない。

薬師を志す者としても、朱心の後ろ盾や支援を失った状態で、また一から不苦の良薬の開発に取り組んでいかねばならないだろう。

それに市井に戻ったなら、後宮に足を踏み入れる機会はなくなる。雪花や楊太儀、王淑妃など、ここで知り合い友人となった人たちとはお別れすることになってしまう。

何より、もう朱心の傍《そば》にいられない。

朱心を支えるという夢を、永遠に失うことになるのだ。

(そんなの、絶対に嫌)

それが自分の正直な気持ちで、だからこそ、どうすればいいのかわからない。

ぐるぐると悩む気持ちを胸の内に抱えたまま、英鈴はただ、これからの仕事のために機械的に食事を口に運ぶ。

雪花が厨《くりや》の人々と交渉して手に入れたという立派な文旦《ぶんたん》の甘酸っぱさも、あまりじっくり味わえなかった。

そして、朝餉からしばらく経《た》った頃。

「こ……此度《こたび》はお時間を頂戴しまして恐悦至極にございます、董貴妃様」

深く頭《こうべ》を垂れて挨拶してきたのは、満修容《まんしゅうよう》という嬪である。

小柄な身体《からだ》を一生懸命に折り曲げている彼女は、いくらか年下のようだ。丸顔に、いかにも緊張した色を浮かべている。

相対する英鈴は背筋を伸ばし、柔らかく告げた。

「こちらこそ、会いに来てくださってありがとうございます。どうぞ、お掛けになってください」

「はっ、はい！　失礼いたします」

ぺこぺこと頭を下げ、勧めた椅子に座る彼女の頬は、わずかに紅潮している。それを見るだに、なんだか英鈴は、この状況が信じられないような気持ちになってしまう。

（挨拶に来てくださったのは、満修容殿を入れて三人目だけど）

その全員がこちらに対してとても丁寧に、礼儀正しく接してくれているからだ。

最初に訪ねてきた人物など、確か去年の紅葉饗《こうようきょう》の時には、こちらを鼻つまみ者のように扱ってきた嬪だった覚えがある。

（徐順儀《じょじゅんぎ》様ほどあからさまではなくても、確か陰口は叩かれていたような……）

にもかかわらず、今日の彼女は、会うなりこちらに平身低頭してきた。そして逆に申し訳なくなるほどの勢いで、今までの非礼を詫《わ》びてきたのである。

（それはきっと、私が皇后になるはずだと知っているからよね）

後宮において、皇后は絶対の頂点だとされる。たとえ四妃といえど、皇后には表立って逆らえないだろう。

これから頂点に立とうという人物に、これまでの所業を謝罪しなければどうなるか——想像力を膨らませた嬪が面会を求めるのも、あるいは無理からぬことなのかもしれない。

(私は、仕返しなんてするつもりはなかったけれど。でも……嫌がらせがないと、とても過ごしやすいのは確かよね)

今まで最もこちらと対立してきた有力者、すなわち呂賢妃《りょけんひ》の一派とは、この前の事件を経て和解している。彼女らは約定通りにあれ以来、罵詈《ばり》雑言も嫌がらせも、ぱったりとやめていた。だからこのところの英鈴は、実に穏やかな日々を過ごしていたのだ。

恭しく雪花がお茶を運んでくるのをぼうっと眺めながら考えていると、向かいの椅子に腰かけている満修容が、ぱっと表情を明るくして言った。

「わあっ。これ、『八宝茶《はっぽうちゃ》』ですよね？」

「えっ？」

突然の歓声にこちらが疑問を浮かべると、恐らく非礼を咎《とが》められたと感じたのだろう。途端にばつの悪そうな面持ちになると、満修容はしゅんと視線を落とした。

「もっ、も、申し訳ありません。お花が浮いているお茶のようでしたので、つい」

「ええ、仰《おっしゃ》る通りですよ」

努めて優しい声音で、英鈴は言った。

八宝茶とは、去年の冬に作った薬茶である。散茶に生姜《しょうきょう》や枸杞《クコ》などを混ぜ、さらに干した菊花《きくか》や菫《すみれ》などの花弁を加えた飲み物——湯を入れれば花々は潤い、往時の姿が蘇《よみがえ》る。

今日も、雪花が用意した玻璃《はり》の器の中で、蒲公英《たんぽぽ》の花がゆらりと色づいていた。

「来てくださったお客様には、八宝茶をお出ししているんです」

「あっ。やっぱり、そうだったんですね！」

またも満修容はころりと笑顔に変わると、頬を赤らめたまま、じっと目の前に出された碗《わん》の中身を眺めている。

「あの……私、前の徳妃《とくひ》様をお迎えした時のお茶会に参じていたのです。その席で、このお茶をいただいて」

後宮に来たばかりの丁《てい》・元徳妃の歓迎という名目で呂賢妃一派が主催したお茶会に、満修容も参加していたようだ。彼女はきらきらした瞳を茶に向けたまま、言葉を重ねる。

「その時に、本当に感動したんです！　この世にこんなに美味《おい》しくて綺麗《きれい》で、身体にいい飲み物を作れる方がいるんだって。しかも、それが女性だなんて」

「……！」

我知らず、英鈴は短く息を呑《の》んだ。

けれど満修容はそれに気づかない様子で、さらに語り続ける。

「私、実家にいる頃は、女は学問なんてしても無駄だと言われて育ちました。だけど、それは間違いでした。董貴妃様は薬学に長《た》けておられて、いろんな人たちをこれまでに助けてこられたというみんなの噂《うわさ》は本当だったんだって、その時、やっとわかったのです」

「……」

「董貴妃様は、私の憧れです！」

きらきらした双眸《そうぼう》が、今度はこちらに向けられる。まるで太陽の光を目に入れた時みたいに、それがひどく眩《まぶ》しい。

ああ、この言葉を――今じゃない時に聞けたらよかったのに。

「これからもきっと、たくさんの飲みやすいお薬を作ってくださいね。私、陰ながら応援しております！」

「ええ……ありがとうございます」

己の唇から漏れ出たのはひどく曖昧で、はっきりしない返事だけだった。

「ふう……」

太陽が中天に昇る頃合いになって、ようやく自由時間が訪れた。

雪花が差し出してくれた白湯《さゆ》を口に運び、ほっと一息つく。ひとまず、次期皇后として最低限の仕事はできたようだ。

「お疲れ様、英鈴！」

「午後はどうするの？　あっ、薬童代理のお仕事があるか」

「う、ううん。陛下はお忙しいから、しばらくお休みになったの」

そしてこれから先はもう、薬童代理としての務めなどないかもしれない。だが今はそう伝えられずに、英鈴はまた白湯を啜《すす》った。

「そっかー、それなら少しはゆっくりできるね」

かたや雪花は、陽気に話している。

「お庭の花も見頃だし、せっかくならみんなでお散歩でもする？　食べ物も持っていって、梅見会でもしようよ！」

「あっ、それはいいわね」

演技ではなく心から、そう返事した。

「椅子がなくても、茣蓙《ござ》でも敷いたらみんなで座れて楽しいかも。そうだ、だったら楊太儀様にもお声がけして……」

と言いかけたところで、はたと思い出す。

「ああ……楊太儀様は、今はお忙しいんだったっけ」

「うん、そうだね」

少し残念そうに、雪花が相槌《あいづち》を打った。

「このところ、後宮でも全然お見掛けしないよ。この前のお手紙でも、なんだか大変そうだったし……太儀様のところの宮女に尋ねても、何も教えてもらえないんだ。一体、どうされちゃったんだろうね」

「わからない……」

呟《つぶや》くように返事をして、英鈴は俯《うつむ》いた。

楊太儀は――この前の英鈴の追放騒ぎの時は、あまりの精神的衝撃に寝込んでしまっていたそうで、その後元気に再会できたのだが――ちょうど七日ほど前からだろうか、まったく姿を見せていない。

不苦の良薬の開発中、黄膠羹の試食のためにぜひ彼女の力を借りたいと思って連絡した時も「多忙につきお会いできない」との返事だった。

うまく言えないがなんとなく、いつもの彼女らしくない。

(何かあったのかな)

ふとそんなふうに思ってしまうのは、今の自分が彼女の言葉を――つまり後宮での栄達を望み、他の妃嬪《ひひん》と正々堂々と戦おうと志している人が何を語るかを、ぜひ聞きたいと感じているからだろうか。自戒にも似た心地になりつつ、英鈴が三口目の白湯を啜った、その時である。

「ごめんくださいませ。董貴妃様はご在室でしょうか」

外の廊下のほうから、呼ばわる声が聞こえた。取り次ぎのために、雪花が素早く扉へと向かう。

「董貴妃様はご在室ですが、どちら様ですか？」

「突然の訪問、誠に申し訳ございません。私は楊太儀様にお仕えする宮女です」

相手の言葉を聞いた途端、英鈴と雪花は、思わず顔を見合わせた。

急いで扉を開けてもらうと、やや年配の彼女は青ざめ、不安そうに目を伏せている。

「どうかなさったのですか？　楊太儀様に何か……」

そこまで問いかけた英鈴は、はたと気づく。

「もしかして、小茶殿《しょうちゃでん》に何かあったのですか？　それで楊太儀様は、このところお見えにならないのでは」

「いえ、恐れながらそうではございません。しかし」

そこで宮女は素早くしゃがみ込み、拱手《きょうしゅ》の姿勢をとった。

「こ、このたびはお願いがあって参りました。どうか、どうか我が主君・楊太儀様をお救いください！」

言うなり、宮女は頭《こうべ》を垂れた。

脳裏を過《よ》ぎるのは、まだ董昭儀《しょうぎ》と呼ばれていた頃の夜――楊太儀の飼い犬・小茶を救ってほしいと懇願された時の光景だ。今の状況は、その夜に似ている。

けれど宮女の今の口ぶりでは、まさか――

(楊太儀様ご本人の身に、何かが⁉)

「すぐに参ります。雪花、あなたもお願い！」

不測の事態を前に、心に圧《お》しかかっていた重苦しい問いかけも、今は吹き飛ぶ。

英鈴は宮女たちと共に、急ぎ楊太儀の居室へと向かった。


楊太儀の部屋には、これまで何度も訪れた。けれど今日ほど、物々しい雰囲気を感じたことはない。

まだ明るい昼日中だというのに窓という窓はすべて閉め切られ、うすぼんやりとした灯《あか》りが部屋の隅を照らすばかり。

暗い面持ちで控える宮女たちの見つめる先、そして小茶が不安そうに鼻を鳴らすその先には、長椅子の上で白い薄布を被《かぶ》った誰かがいた。

時折ぶるぶると震えているその人物は、女性と思《おぼ》しき背格好である。正体に思い当たった瞬間、英鈴は胸の中心で、ずきんと嫌な痛みを感じた。

「よ、楊太儀様?」

英鈴が恐る恐る問いかけると、布の下の誰かがびくりと反応する。傍らに視線を送ると、宮女はこくりと頷《うなず》きを返してきた。

(お会いできないと思っていたら、一体何が……?)

誰がどう見ても、ただならぬ事態だ。けれど騒ぎ立ててしまうわけにはいかない。

ゆっくりと楊太儀に近づきながら、また声をかける。

「どうされましたか? ご気分でも……」

「おっ、お帰りになって!」

布を目深に被ったまま、楊太儀は遮るように必死な声をあげた。

「たとえどなたであろうとも、今はお会いしたくありません。今は……」

彼女の声音は、徐々に涙声になっていく。

「たとえ董貴妃様であろうとも、お目にかかれるような姿ではありませんの。で、ですからどうか、お部屋にお戻りに」

「楊太儀様、お気を確かに！」

布に軽く触れながら、英鈴は毅然《きぜん》と言った。

「あなたがそのように泣いていらっしゃるのに、放って帰るなんてできるわけがありません。どうか落ち着いてください。何か、お力になれるかもしれませんから」

「うう……」

布の下から聞こえるのは、啜り泣きばかりになった。

これは、了承と取ってもいいだろう。そう判断し、布の端に手をかける。

「楊太儀様、失礼しますね」

宮女たちの手も借りつつ、そっと彼女を覆う布を取り払っていく。

露《あら》わになった楊太儀の姿は――

（これは！）

英鈴は、思わず絶句した。ぼんやりとした灯りに照らされた楊太儀の顔には、大きな赤い斑点ができていたのだ。

頬を中心に、額、手、そして衫《さん》の袖口から覗《のぞ》く腕の一部にまで。大輪の牡丹《ぼたん》、あるいは輝く陽光のごとき美を誇っていた楊太儀の肌だとは、思えないほどの痛ましい有様《ありさま》だ。

「ううっ」

呻《うめ》く楊太儀の潤んだ瞳から、また涙がぽろりと零《こぼ》れ出る。

「わ、わたくしの肌……お医者様からいただいた薬を塗っても、一向に治らないのです。お医者様は、それがしょ、小茶のせいだと。でも、あの子を手放すなんて……！」

しゃくりあげるように言ってから、彼女はわっと両手で顔を覆ってしまった。

英鈴はとにかく、黙って楊太儀の震える肩を撫《な》でた。薬が効かない、小茶のせい、という言葉の意味は気になるけれど、あれこれと質問するのは後回しだ。

(今はまず、少しでも安心していただかなくては)

こんな状況になってしまっては、ひどく落ち込み、取り乱すのも当たり前。そして友人が困っているのなら、たとえ微力であったとしても、力になりたい。

涙が止まるまで、英鈴はそのまま、楊太儀の隣にいた。

「……症状が出たのは七日ほど前から、ですか」

「え、ええ」

やや落ち着きを取り戻した楊太儀は、長椅子に腰かけ、視線を床に落としながら言った。

「朝起きたところ、右の頬が赤くかぶれていましたの。その時はまだ、これほどひどい状態ではなかったのですが……お医者様を手配して、薬をいただきました。すぐに治るものと思っていたのですが、だんだん腫れている箇所が増えていって」

語る間にも、彼女の右手は己の左腕を擦るように動いている。恐らく、激しい痒《かゆ》みを感じているのだろう。けれどこのように肌が赤くなってしまっている場合は、症状が出ている場所を掻《か》くのは厳禁だ。掻けば掻くほど肌が傷つき、腫れた部分が拡《ひろ》がってしまう。

彼女もそれをわかっているから、掻かずに擦るだけで我慢しているのだろう。

(でも……たとえ日中は掻くのを我慢できても、寝ている間はそうはいかない)

眠っている間に無意識に掻きむしれば、結局かぶれは拡がってしまう。最初に症状が出たという右の頰だけでなく、身体《からだ》のいろんな箇所に同じような斑点が出てしまっているのは、それが原因だろう。

ふむと唸《うな》ってから、英鈴は静かに語りかけた。

「それでここしばらく、お会いすることが叶《かな》わなかったのですね。お医者様はなんと？」

「ええ、その」

ちらり、と楊太儀は小茶のほうに目を向けた。小茶はご主人の視線の意図がわからない様子で、あどけなく首を傾《かし》げている。

「このかぶれは、犬についている蚤《のみ》や虱《しらみ》のせいだと。だから小茶をわたくしから遠ざければ、症状は治まるはずだと……そう仰《おっしゃ》いましたわ」

つい我ながら怪訝《けげん》な声を発してしまうと、楊太儀は遠慮がちに首肯した。

「蚤や虱ですって？」

「それはおかしいですね」

きっぱりと、英鈴は告げる。

「蚤や虱に嚙《か》まれた時にできる斑点は、もっと小さく、ぶつぶつとした……そう、蚊に刺された時と同じようなものになるはず。その肌に出ている症状とは、明らかに違います」

かぶれに加えて咳《せき》やくしゃみも出ているのならば、もしかすると小茶が原因ということもあるかもしれない。体質的に、近くに犬猫がいるだけで肌が痒くなり、鼻水が出てしまう人もいるからだ。しかし、楊太儀の場合はそれとも異なっている。

「ですので、小茶殿が原因だとは私には思えません」

「け、けれどお医者様は！」

驚いたように楊太儀は言い、それから、また小茶に視線を送る。

「虫のせいでこうなっていると。ああ、ですが確かに……どれだけ探しても、小茶に虫などついておりませんでしたわ。何よりわたくしにとって、あの子はかけがえのない家族です。遠くに追いやるなど、到底できず……そうこうする間に、忌々しい肌の腫れは拡がっていって」

そっと頬に手をやり、そのまま指を軽く食い込ませて、彼女は目を伏せた。

「新しい世が到来して、やっと後宮で務めを果たせる時が来ると思っておりましたのに。肌がこのような有様では、た、太儀として、陛下に合わせる顔がありません……！」

そこまで言って、また楊太儀は顔を覆うと、さめざめと肩を震わせた。

涙する彼女を、宮女たちが優しくとりなしている。きっと自分をここに呼んだ宮女も、主人のいたたまれない姿に黙ってはいられなかったのだろう。だから楊太儀の命令に背いてまで、董貴妃の部屋にやって来たのだ。――それに。

（陛下に合わせる顔がない、か）

やはり楊太儀は、後宮の嬪《ひん》として前向きに生きることを願っている。思い返せば初めて会った時も、彼女は朱心が服喪中であるのを、もどかしそうに語っていた。

願っていた状況がようやく訪れた矢先、自分の美貌が損なわれてしまったとあっては――しかもそれが愛犬のせいだなどと言われてしまっては、ここまで気が動転するのも道理というものだろう。

（……助けなきゃ）

未来への迷いとか、楊太儀が同じ後宮の嬪であるとか、そんなことは関係がない。苦しんでいる人がいるのなら、助けたい。それが友人であるのならなおさらである。

宮女に渡された手巾《しゅきん》で彼女が涙を拭ったのに合わせて、そっと質問する。

「あの、先ほど、お医者様のお薬が効かなかったと仰せでしたね。どのようなお薬か少し、拝見してもよろしいですか？」

「ええ、もちろんですわ。どうぞ」

楊太儀の指示に従い、宮女が恭しく持ってきたのは小さな丸い箱である。蓋を開けると、中に入っていたのは黄色い軟膏《なんこう》のようなものだった。

「ねえ、英鈴」

傍らにいる雪花が、そっと囁《ささや》きかけてくる。

「これ、英鈴が持っているお薬に似ているよね。前に宮女の芽衣《めい》ちゃんが火傷《やけど》しちゃった時、傷に塗ってくれたのと」

「ええ」

確かに、彼女の言う通り――この薬の見た目は、『内黄膏《ないおうこう》』にとてもよく似ている。

内黄膏とは名の通り黄色い見た目の軟膏で、火傷の他にも皮疹《ひしん》やあせも、かぶれにも効果があるとされる。つまり本来なら、楊太儀の皮膚の症状の原因がなんであれ、ある程度の効果を発揮するはずなのだが。

「うーん」

英鈴は薬に鼻を近づけ、そっと匂いを嗅いだ。

それから思い切って、少しだけ軟膏を指で掬《すく》いとり――舐《な》めてみる。

「えっ、英鈴⁉」

「董貴妃様……？」

みんなの驚く声が聞こえてくるが、それよりも、胸の内を満たしたのは強い違和感だ。

この軟膏は、内黄膏ではない。

「楊太儀様、よく聞いてください」

はらはらした表情でこちらを見つめる彼女に、改めて冷静に告げる。

「この薬はいわゆる偽薬、つまり効果のない薬です。恐らく使われているのは、黄蝋《おうろう》だけ。これでは傷口の保護はできても、肌のかぶれを治したり、痒みを止めたりする効果はありません」

「えっ。ど、どういうことですの」

幾度も目を瞬《しばたた》かせながら、楊太儀は戸惑いを隠せない様子で問いかけてくる。

「お医者様は確かにその薬を……かぶれている部分に強く擦《こす》りつけるように塗りなさいと、そう仰ったのですけれど」

「擦りつけるように、ですか？」

驚くのは、今度はこちらの番だった。

（これじゃまるで、わざと楊太儀様を傷つけようとしているみたい。どうしてお医者様がそんなことを？　いえ、それとも……誰かが、お医者様にそうさせているとか？）

楊太儀は、嬪の中では最上位にいる女性だ。だから嫌な考え方をすれば、彼女を傷つける動機は、後宮にいる他の嬪すべてにあるといっても過言ではない。

楊太儀の美貌が損なわれれば、自分が「選ばれる」確率が上がるからだ。

（……まだ決めつけるのは早い。お医者様や嬪たちを疑うよりも先に、楊太儀様の炎症をなんとかして差し上げないと）

気を取り直し、英鈴は雪花のほうを向く。

「悪いけれど、部屋に戻って薬を取ってきて。机の下に保管している、片手で持てる程度の大きさの緑色の瓶よ。見たらすぐにわかるはずだから。あと、ごま油もお願い」

「了解！」

拱手《きょうしゅ》し、雪花は素早く部屋を駆け出していく。その間に、英鈴は説明を始めた。

「この偽薬は見た目からして、皮膚炎に効く内黄膏にとてもよく似ています。しかし内黄膏は黄蠟の他にごま油や、黄柏《おうばく》などによってできている薬で……つまり独特の香ばしい匂いがするはずですし、舐めれば苦いはずなのです」

陛下と朝に話した通り、黄柏はいわゆる苦寒薬。軟膏になっても、その苦みは健在のはずなのだ。

「けれど確かめてみても匂いはなく、味もしなかった。つまりこの薬には、かぶれを癒《いや》す効能のある成分が含まれていないのです。しかもそれを擦りつけるように塗ったとあれば、ますます腫れがひどくなるのも無理はありません」

軟膏を肌に塗る時は、指先で優しく叩《たた》くようにしながら、少しべたつく程度でやめておくというのが鉄則だ。擦りつけたところで薬効成分が肌に浸透することはなく、それどころか、肌自体が傷ついて余計に症状が重くなってしまうのだから――と、英鈴は語った。

「薄い紙が一枚、肌にぺたりとくっつく程度にまで塗れたら、そこで止めておくのが大切なのですよ」

「存じませんでしたわ」

己の頬に軽く手をやり、楊太儀はほうと息をつく。

「どうりで、いくら塗っても効果がなかったわけですのね。てっきりそれは、お医者様の言葉に従わないわたくしがいけないのだと思っていたのですけれど」

「そんなことは、まったくありませんよ」

英鈴が首を横に振ると、楊太儀だけでなく、宮女たちもほっとしたような表情になっている。するとちょうどその時、雪花が必要なものを持って部屋に戻ってきてくれた。

「ありがとう、助かった！」

薬とごま油、二つの瓶を受け取った英鈴は、さっそく治療に移った。医者がちゃんとした治療をしてくれないのなら、こちらでできる方法を試してみるしかない。

まず薬の瓶を開けると、蜂蜜《はちみつ》の甘い香りに混じって、生魚のような、あるいは香草のような、強烈な匂いが鼻を衝《つ》いた。

「董貴妃様、そちらは……？」

「これは十薬酒《じゅうやくしゅ》。名の通り十薬、いわゆる魚腥草《どくだみ》の生の葉を、蜂蜜に漬けて発酵させたものです」

魚腥草は初夏の時季にはその小さな白い花を目にしない日はないほど、どこにでも生えている雑草である。一方でその薬効はかなり強力なもので、特に独特の臭気を放つ生の葉は、ただ潰して塗りつけるだけでも湿疹《しっしん》やかぶれ、水虫やしらくもに効果があるとされる。

しかし今は春、新鮮な葉を採取するのは難しい。そこで英鈴はすり潰した生の葉を蜂蜜に漬け――つまり外気に触れない状態で保存しておいたのだ。こうすれば葉は乾燥せず、新鮮なままで、薬効成分が保たれる。

「十薬酒を盃《さかずき》に注ぎ、傷口を保護する効能のあるごま油を混ぜます。そして……」

混ぜた液体を清潔な手巾の上に垂らすと、そっと楊太儀の傍《そば》に近づいた。

「ちょっと失礼します。よければお手をこちらに」

まずはその手の甲のかぶれに、薬を優しく塗りつける。

「どうですか、楊太儀様。塗られた部分に痒《かゆ》みや火照りを感じますか？」

「い、いいえ」

彼女は頭《かぶり》を振った。

「特に何も。塗っていただいた部分が少し、潤ったような感覚はありますけれど」

「それはよかった」

英鈴は微笑《ほほえ》む。

「塗ってすぐに痒みなどを感じた場合は、お肌に合っていない証拠ですので、すぐに水で洗い落とさなければなりませんが……これなら、大丈夫そうですね。今後はあの偽薬の代わりに、こちらをそっと塗ってください。痒みや腫れは、徐々に引いていくはずです」

「あぁ、治るんですのね……！　ええ、ぜひそうさせていただきますわ」

「それと！」

先ほどの緑色の瓶、つまり十薬酒を雪花に手渡してもらうと、明るく続ける。

「こちらは、そのまま蜂蜜酒のようにお召し上がりいただけます。お肌にこのようにひどい腫れができてしまっている時は、身体《からだ》の表面だけでなく、内からも治療を行うのが肝要です。この十薬酒を小さな盃に半分ほど食前に飲んでいただければ、薬効成分が自然に身体に行き渡ります。治りが早まりますよ」

「まあ……！」

見開いた楊太儀の瞳から、涙がぽろりと零《こぼ》れ落ちる。けれど彼女の眼差《まなざ》しには、希望と生気が戻っていた。

「感謝申し上げますわ、董貴妃様！」

「お気になさらず、楊太儀様」

彼女の手を取り、目を見つめながら言う。

「当然のことをしたまでですから」

「そんな……あなた様がいらっしゃらなければ、今頃わたくしはっ……」

ぽろぽろと喜びの涙を零す彼女の肩を、もう一度優しく撫《な》でる。

（よかった、力になれて）

今朝から冷たく凍りつきそうになっていた胸の内が、少し温かくなるのを感じる。だからこちらこそ、感謝したい気分なのだ。

しかしそこで、はたと気づく。──そう、まだすべてが明らかになってはいない。

「ところで、楊太儀様」

英鈴は静かに尋ねた。

「かぶれが出たのは、七日ほど前と仰《おっしゃ》っていましたね。その前後に、変わった出来事はありましたか？　珍しい木や花に触ったとか、いつもと違うものを召し上がったとか」

「いいえ……ああ、そういえば」

楊太儀ははっと気づいた表情になると、宮女に囁き、何かを持ってこさせた。彼女から手渡されたのは──

「押し花、ですか？」

可憐《かれん》な紫色の花が、茎や葉ごと押し花にされた小さな厚紙。本の栞《しおり》などに使われそうな品である。

「ええ」

楊太儀は小さく頷《うなず》く。

「蜜柑《みかん》のような芳香がある花で……眠る時に枕に置いておくとよい夢が見られるということで、頂戴した品ですの」

（うーん。確かに、柑橘類《かんきつるい》のいい香りがする）

だがここまでの情報から考えると、この花は──外見からしても、あれかもしれない。

(でもまだ、わざとだという確証はない)

「この品はどなたから?」

英鈴が問いかけると、楊太儀は少し険しい面持ちになって、こう答えた。

「徐順儀殿からの贈り物です。これまでの非礼の詫《わ》びにと、仰っていましたわ」

──徐順儀。安眠茶《あんみんちゃ》騒ぎを経ても、英鈴への敵対的な態度をやめない嬪《ひん》。一時は呂賢妃の一派に加わったものの、先日の追放事件の時には、逆に呂賢妃を見捨てたという。

(まさか、あの方が?)

一気に疑惑の色が濃くなっていき、嫌な胸騒ぎがする。

しかし、憶測で事を運ぶことはできない。確かめてみなくては。

自分を落ち着かせるために、まずは深呼吸をする。

それから英鈴は楊太儀や雪花たちと共に、一計を案じるのだった。

＊＊＊

太陽が西に傾きだした頃、英鈴の部屋に、後宮に仕える侍医の一人が訪ねてきた。

後宮に足を運べるのだから、当然宦官《かんがん》である。中年の、ふくよかな体形をした彼は貴妃たる英鈴の前に来ると、深く身を屈《かが》めてお辞儀をした。

「ようこそおいでくださいました、お医者様」

丁寧に挨拶すると、向かいにある椅子を侍医に勧める。

それから、単刀直入にこう切り出した。

「さっそくですが、私の手を診ていただきたくて」

と、侍医に手のひらを見せる。一部が赤くかぶれ、鈍い痒みを持っていた。

「昼頃から腫れてしまって、掻《か》くと痛みを感じるのです」

「ああ、それはお困りでしょう。どれ、拝見いたします」

恭しく侍医は言い、それからこちらの手を取って炎症を診ると、顔を顰《しか》めた。

「ふむ……これは何か、よろしくないものに触れたのが原因でしょう。恐れながら、お心当たりは」

「そうですね」

英鈴は努めて涼しい表情を浮かべるようにして、続ける。

「今日の昼、楊太儀様のお部屋に伺った折に、綺麗《きれい》な紙を見せていただいたような」

「紙……？」

一瞬だけ、侍医の顔が険しくなったのを英鈴は見逃さない。しかしそれをおくびにも出さずに、さらに語った。

「ええ。押し花、だったかと」

「そ、それは、それは」

侍医は顔を伏せた。それからなぜか、逡巡《しゅんじゅん》するように黙りこくっている。

――あとひと押し必要だろうか。

そう思い、あえて相手の耳に届く声量で、独り言のように嘆いてみせた。

「うーん……もうすぐ立后の儀があるというのに。手がこのようになっていては、私、困ってしまいます。皇帝陛下になんとご説明すればよいのでしょう」

「！」

無言のままだが、侍医はびくりと肩を震わせる。

それから、わざとらしくコホンと咳払《せきばら》いをした。

「ああ、その、貴妃様」

こちらの手を離して椅子に座り直すと、侍医は言う。

「ご心配なさらずとも、その炎症の原因は雲霄桜草《うんしょうさくらそう》でございましょう」

英鈴は相手の目をじっと見つめながら、静かに問い直した。

「雲霄桜草とは……？」

「この季節、旺華国のいたるところに咲く花です。その押し花に使われております」

落ち着きを取り戻したのか、侍医はだんだんと調子づくように話しだした。

「美しい見た目と、蜜柑のごときよい香りとは裏腹に、その茎や葉には毛のごとく細いトゲが生えております。その先端に触れてしまうと、肌が炎症を起こすのです」

「ええと、それでは」

英鈴はなおも相手の顔をじっと見つめたまま応えて語る。

「楊太儀様に見せていただいた押し花にも、トゲが生えたままで……それに触れてしまったせいで、私の手はこのようにかぶれたのですね」

「はい、さようでございます」

「なるほど。では、もう一つお伺いしたいのですが」

ふう、と一度深く嘆息をする——医師の中に、このような人物がいるなんて思わなかったからだ。それから、視線を鋭くして英鈴は問う。

「なぜ、押し花と聞いただけで雲霄桜草だとわかったのですか？」

「はっ？」

ぎょっとした面持ちで、侍医は顔を強張《こわば》らせる。しかしすぐに頭を振ると、ははと声をあげて笑ってみせた。

「そ、それはもちろん……かような症状をもたらし、かつ押し花にもなるような花といえば、今の季節は雲霄桜草しかないからでございます」

「そうでしたか。ではなぜ、楊太儀様の診察ではそう仰らなかったのでしょう」

侍医はぎくり、と音が出そうなほど、さらに口の端を引きつらせる。

「な、何を仰せになりますか、貴妃様。私にはなんのことやら」

「とぼけないでください」

英鈴は、侍医を睨《にら》み据える。

「楊太儀様とお会いした時に、すべて伺いました。楊太儀様もこれと同じ症状を訴えていらしたというのに、あなたは、原因はあの方の飼い犬にあると仰ったそうですね。犬猫由来の蚤《のみ》や虱《しらみ》に噛《か》まれた傷と、この炎症は明らかに違っているのに」

ぐっ、と口を噤《つぐ》んだ相手に、さらに詰問するように問いを投げかけた。

「しかも内黄膏とみせかけて、黄蠟《おうろう》しか含まない偽薬を渡したばかりか、誤った用法を教えていた。一体なぜ、楊太儀様にそのような仕打ちをなさったのですか？」

先ほど侍医が言った雲霄桜草に関する説明は、すべて正しい。つまり雲霄桜草には、触れるだけで肌に炎症を起こすトゲが生えている。

楊太儀は徐順儀に押し花を渡された後、言葉通りに、それを枕に置いた。しかもよい香りを楽しめるように、自分の顔のすぐ近くに置いて眠ったのだ。

そうすれば眠っている間にどうしても、頬などに雲霄桜草のトゲが触れてしまう。だから、楊太儀の頬はかぶれたのだ。そこへさらに医師の誤診があったせいで、炎症は身体の各所へと拡《ひろ》がってしまった。

だというのに、ここまで問い詰めてみせても、侍医は素知らぬ顔で否定する。

「いえいえ、私は決して楊太儀様を害そうなどとは。楊太儀様の場合は、本当に犬につく蚤や虱のせいでございます。薬に関しては……さて、何か手違いでもあったのでは」

「押し花に触れた私の症状は雲霄桜草のせいで、押し花の近くで眠った楊太儀様の症状は虫のせいだと？　楊太儀様は眠る時、飼い犬を専用の寝台で眠らせているのですよ」

要するに、寝て起きた時に頬にかぶれができていた原因として、犬についた蚤や虱のせいだとするには根拠が不十分すぎる。

「あなたは貴妃たる私に対しては、誤診を下すのを憚《はばか》っただけ。そうではありませんか？」

いや、もっと正確に言うなら――侍医もまた、英鈴が皇后の候補になっているというのは噂《うわさ》なりなんなりで承知しているのだろう。

（だからこそ、私が皇帝陛下のお名前を出した途端に態度が変わったのね。自分の企《たくら》みのせいで私まで傷ついたとなったら、もしかすると、陛下に責めを受けるかもしれないと思ったから）

自らがどう思っているかはさておき、周囲から見れば、英鈴は「皇帝から寵愛《ちょうあい》の深い貴妃であり、次期皇后」である。だから侍医は、雲霄桜草の名を出さずにはいられなかったのだ。

――こんな問い詰め方をするのは、自分の立場を利用しているようで、正直なところ気分はよくない。けれど正面から質問したところで、相手にとぼけられてしまって終わりだろう。それでは、楊太儀を助けられはしない。

だからこそ、このような場を用意したのだ。立場すらも最大限に利用する――後宮を生き抜いていくには時にしたたかさも重要なのだと、嫌でも思い知らされている。

一方で侍医は、目を白黒させながら口ごもっていた。

そこで英鈴は、核心を衝《つ》く問いを放つ。

「徐順儀様が、この件に関わっていらっしゃるのは既に知っています。あなたと徐順儀様には、どのような関係があるのですか」

「そ、それは！」

まるで首を絞められたような声をあげた侍医の顔は、みるみるうちに青ざめる。

それから相手は、唇を強く嚙むと——がっくりと項垂《うなだ》れた。

そしてそのまま、すべてを語ったのであった。

＊＊＊

侍医の告白から一刻後、英鈴は妃《きさき》として二人の人物を部屋に召集した。

一人は楊太儀。もう一人は徐順儀。

先に部屋に招いた楊太儀は、十薬酒が効いたのか、痒《かゆ》みは少し和らいだと語っていた。けれどその姿は未《いま》だに痛ましく、英鈴は彼女に、部屋に張った幕布の向こうに控えていてほしいと頼んだ。被害者である楊太儀には、何が起こったのかを知る権利があるからだ。

それから徐順儀を招き入れると、別室で待たせていた侍医と共に机を挟んで対面に座るように促す。徐順儀は、美貌に不満げな色を浮かべつつも、押し黙って椅子に腰かけた。

「ようこそ、徐順儀様。ではさっそくですが、こちらをご覧ください」

英鈴は静かに切り出すと、机の上に一枚の書類を広げた。

「これは、侍医殿が抱えていた借金の借用書です。永景街《えいけいがい》の高利貸しから、侍医殿は八十貫ものお金を借りていた……間違いありませんね」

「はっ、はい」

侍医は青ざめた顔のまま、こくりと頷《うなず》く。それを見て、徐順儀はさらに不愉快そうな面持ちになった。

かたや英鈴はそれに構わずに、借用書の隅を指す。そこには赤い印が捺《お》されていた。

「この印が示す通り、既にこの借金は完済されています。侍医殿、不躾《ぶしつけ》ですが、どうやってお金を工面されたのですか？」

「そ、それは」

侍医の額には、びっしょりと汗が浮いている。彼はそれを乱暴に手で拭うと、傍らの徐順儀を見やり、それから、観念したように告げた。——ここに至る前に英鈴に白状したのと、同じ文言を。

「徐順儀様です。徐順儀様が、私が賭博でこしらえた借金をすべて立て替えてくださったのです。そ、その代わりに、私が楊太儀様に……」

「どういうおつもりです？　董貴妃様」

扇子で顔を扇《あお》ぎつつ、眉を顰《ひそ》めた徐順儀が口を挟んだ。

「突然呼び立てられたかと思えば、侍医の借金がどうこうと。判事の真似事《まねごと》をなさりたいのなら、あなた様のお仲間とごっこ遊びでもなさってはいかが？」

「徐順儀様は、ご自分は侍医殿の借金を立て替えてなどいない、と仰《おっしゃ》りたいのですか」

じっと相手を見つめながら、英鈴は問うた。

「侍医殿ご本人の証言を信じないとしても、高利貸しに尋ねれば、すべてが明るみに出ると思いますが」

一瞬、忌々しそうに徐順儀は顔を顰《しか》める。それから、半ばやけにでもなったかのような声をあげた。

「ええ、ああそうですとも！」

徐順儀は荒っぽく同意する。

「確かに私は、侍医殿の借金を立て替えて差し上げました。ですがそれは、この後宮に住まう者として、お医者様の窮状を放ってなどおけなかったからです！　……そう」

彼女は顔の半分を扇で隠すと、勝ち誇ったような視線をこちらに向ける。

「薬売りの出の董貴妃様は、銅銭であっても枚数をお気になさるでしょうけれど。時に身銭を切ってでも苦しむ者を救うのが、真《まこと》に貴き者の寛容の精神ですので」

ほほほほ、と徐順儀は高笑いしてみせる。それと同時に幕布の向こうから、がたんという音が聞こえてきた。たぶん、楊太儀が怒って立ち上がったのだろう。

けれど英鈴本人は、今さら相手の言葉に腹を立てるでもなかった。

（たぶん、これくらいは言うだろうと思っていたもの）

代わりに出るのはため息だ。徐順儀としては、自分はあくまでも慈善活動の一環として侍医の借金を返済しただけで、利害関係はまったくないと言いたいらしい。

侍医の証言によれば——「金を返してやる代わりに楊太儀に誤診を下し、偽薬を渡せ」と取引を持ちかけたのは、彼女のほうだというのに。

（そういうつもりなら、考えがある）

英鈴はもう一枚、今度は別の紙を机の上に置いた。それを見た途端に、徐順儀の笑みがぴくりと凍りつく。

「徐順儀様は、これが何かご存じのようですね。そうです、雲霄桜草の押し花です」

楊太儀に贈られた品を、ここに持ってきてあったのだ。

何も言わない——否、言えずにいる侍医と徐順儀に対して、英鈴はさらに述べ立てた。

「楊太儀様に押し花を贈ったのは、徐順儀様ですね。あなたの言った通りに枕にこれを置いて眠った楊太儀様は、肌を傷つけられてしまった。さらにあなたとの取引に応じた侍医殿の誤診のせいで、余計な苦しみを負ったのです」

「い、言いがかりを！」

徐順儀は食ってかかるように身を乗り出す。

「私はただ、純粋な贈り物としてこの品をお贈りしたのです。あなたにとやかく言われる筋合いなど……！」

「そうだとしても、危険な花と知らずに贈ったという責があなたにはあるはずです」

「その花が危険⁉　まあっ、証拠はあるんですか？」

徐順儀はこちらの右手のひらをちらりと見て、鼻で嗤《わら》う。

「あなた様の手の腫れが証拠だ、などと仰せにならないでくださいね。私は安全な品を楊太儀様にお贈りしました。楊太儀様のご病気については存じ上げておりませんでしたが、いずれにせよ、それは私のせいではありません」

「そうですか」

――そこまで言うのなら。

英鈴は、押し花をそっと徐順儀のほうへと押し出した。

「では、徐順儀様。あなたはこの押し花に、触れることができますか？」

「なっ……！」

相手が怯《ひる》んだ隙は逃したくない。さらに畳みかけるように、言葉を浴びせる。

「あなたが完全に無実で、この押し花に危険などないと仰せなら、今すぐこれに触れて証明してください。きっと無理でしょうね。あなたに命じられてこの押し花を作った宮女たちの手にかぶれが生じたという話は、当然ご存じでしょうから」

侍医が告白した後、雪花に頼んで、徐順儀周辺の宮女たちに聞き込みを行っておいた。その結果、「雲霄桜草の細工をせよという命令に従った後、手に妙な腫れができた」という証言を得られたのだ。

「さあ、証明を。徐順儀様」

英鈴は相手の目を覗《のぞ》き込むようにしながら告げる。

「あなたが楊太儀様の美貌を貶《おとし》める目的で、押し花を贈ったのではないというのなら！」

「くっ……！」

徐順儀は視線を彷徨《さまよ》わせた後、俯《うつむ》いている侍医を睨《にら》みつける。

それから、小さく舌打ちをして——直後、再び勝ち誇った笑みを浮かべた。

「いいでしょう、触りますわ」

彼女は無遠慮に、叩《たた》きつけるように押し花に触った。そして、席を立ってこう告げる。

「しかし、だからとて証拠は？　私が楊太儀様を害そうとしたという確たる証左はあるんですか？　ないからこそ、こうして私を呼び出したのでしょう。董貴妃様」

「……」

「ふふん」

徐順儀は、笑みを崩さない。こちらを見下しながら、さらに述べる。

「私は、何も知りません。私に罪があると仰せなら、どうぞ女官長にでも陛下にでも、お好きなように訴えてくださいませ。ですが」

彼女はこちらに背を向ける。そして振り返るようにしてから、言った。

「何もかもあなた様の思い通りになるなどと、お考えにならないことですね。浮かれていらっしゃるのは、承知しておりますけれど」

言うだけ言って、まるで傲然たる勝者のように高笑いをしてみせると――徐順儀は、憚《はばか》ることなく部屋を勝手に出て行った。

その姿を見て、最初に声をあげたのは雪花だった。

「なんなの、あの態度！　……貴妃様、どうなさいます？　追いましょうか!?」

「いいえ、大丈夫」

発した声は、我ながらやや沈んでいた。――彼女が悪意をもって楊太儀を害したという証拠がない、というのは確かだ。だから追いかけてまで断罪する権限は、こちらにない。

否、英鈴が沈んだ気持ちになっているのは、それが原因ではなかった。

(何もかも思い通りになるなんて考えないことだ、って……きっと私が平民から皇后に選

ばれて、有頂天になっているに違いないと思っているんだろうけれど）

両の拳を握り、俯く。

（何も私の思い通りになんて、なっていないのに）

つい、そんなことを考えてしまう。かたや雪花は、地団太を踏むようにしながら、徐順儀が去っていった扉を見つめていた。

「何よ、ここを出る時にはもう右手が痒そうにしてたくせに。楊太儀様や英鈴と同じくらい苦しめばいいんだ、ふん！」

「いえ雪花、それはちょっと」

いくら徐順儀の態度が褒められたものではないからといって、かぶれたまま放っておくわけにはいかない。

「侍医殿、お願いがあります。すぐに徐順儀様のところへ行き、適切な診断を下してください。それから……」

「ははっ、承知しております」

侍医は深く身を屈《かが》めた。

「此度《こたび》の故意の誤診、隠し立てなどいたしません。然《しか》るべき咎《とが》をお受けすると誓います」

「もう二度と、このようなことはなさらないでください」

英鈴がなんとか毅然《きぜん》とした声音でその言葉を絞り出すと、侍医は再び、深く身を折り曲げるのだった。

こうして楊太儀を巡る事件は、一応の決着をみせたのである。

「董貴妃様！」

侍医が部屋を退出した後、幕布の向こうから出て来た楊太儀は、感動した様子で目を潤ませていた。

「ああ、さすがは董貴妃様ですわね。わたくしを救ってくださっただけでなく、あのように見事に場を収められるなんて！」

「いえ、そんな。大したことは何も」

素直な気持ちで、英鈴は頭《かぶり》を振る。

「それに、徐順儀様から謝罪の言葉は結局……」

「あの者の言動は不愉快極まりますが、つまらない企《たくら》みなど意に介してはいられませんわ。それにたとえこの場は逃れられようと、あの者もいずれ自らの罪を恥じるでしょう」

涼しい顔でそう告げた後、こちらを見て、楊太儀はにこりと微笑《ほほえ》んだ。

「それよりも今は、董貴妃様のご活躍に感謝申し上げたいんですの。あなた様がいらっしゃれば、これからの後宮も安泰ですわね！」

そう語る楊太儀の笑顔は、あまりにも無邪気だった。

胸の奥が、ずきりと痛む。相手の感情が純なものだと知っているからこそ、強く。

「……ええ」

英鈴はなんとか笑顔を返して、応える。

「ありがとうございます、楊太儀様」

第二章　英鈴、甲の薬は乙の毒たること

楊太儀《ようたいぎ》の件が一応の解決をみた、その翌日。

十薬酒《じゅうやくしゅ》が効いてすっかり手の炎症も引いた英鈴《えいりん》は、王淑妃《おうしゅくひ》の住まう部屋を訪れていた。昨日のうちに訪問を希望する手紙を送ったところ、快く受け入れてもらえたのだ。

「お久しぶりです、王淑妃様」

「ええ、董貴妃《とうきひ》殿。こちらこそ」

金枝国《きんしこく》出身の王淑妃は、今日も見事な銀髪を肩に流し、白い肌の映える漆黒の衣類を纏《まと》っていた。理知的な瞳を細め、彼女は口を開く。

「こうしてあなたに無事に会えて、本当に嬉《うれ》しいわ。ほら、この前は大変だったじゃない？　あなたも呂賢妃《りょけんひ》殿もいなくなって、今上の陛下の世も終わってしまうんじゃないかって、私も冷や汗を掻《か》いたわ。さすがにまた、違う陛下の妃《きさき》になるというのもちょっとね」

「ご、ご心配をおかけしました……」

戴龍儀《たいりゅうぎ》での異変、そして英鈴たちの追放騒ぎ。さらに、暗殺者との対峙《たいじ》。今にして思えば、確かに大変な困難を乗り越えてきたものだと思う。なのに、今は——

（いいえ、こんなことを考えている場合じゃない）

わざわざ王淑妃に面会を求めたのには、理由がある。

気分を強引に切り替えると、英鈴は続けて述べた。

「今日お時間をいただいたのは、お伺いしたい儀があるからなのです。龍恵祭《りゅうけいさい》での下賜品についてですが」

「ああ、明日お披露目会があるんだものね」

右手で筆を弄びながら、王淑妃は明るく言った。

「過去の龍恵祭ではどんな品が下賜されていたのか知りたいのでしょう。違う？」

「あっ……はい、仰《おっしゃ》る通りです」

完璧に言い当てられて、正直に驚いてしまう。

「貴妃としてきちんとしたものを用意しなければならないと思っているのですが、何を選べばいいのか、一人で考えてもよくわからなくて……」

「なるほど。手がかりもなしに自慢大会に放り込まれるなんて、たまったものではないものねえ」

王淑妃はあっけらかんと笑っている。英鈴もまた、苦笑を浮かべた。

明日の会合で待ち受けているのは間違いなく、妃嬪《ひひん》同士での自慢と貶《けな》し合いだ。希少なものを惜しみもなく民に分け与えられるか、気の利いた品を用意できるか――女性たちはそれを見せ合い、競い合う。

つまり本来求められていたはずの慈悲の精神とはかけ離れた、醜い争いが主体となってしまうのだろう。それが、後宮でのこうした会合の常だ。

英鈴はそれを知っている。だからこそ、王淑妃のもとへ来たのだ。

(王淑妃様は、先帝陛下の頃からこの後宮に住まう方。それなら、先代の龍恵祭がどのようなものだったかもご存じのはず)

もちろん、手ぶらでお願いしに来たわけではない。英鈴がお土産として持参し、宦官《かんがん》の麗和《れいわ》に淹《い》れてもらった八宝茶《はっぽうちゃ》を、王淑妃は一口啜《すす》って微笑んだ。

それから、ふむと唸《うな》ってこう語る。

「私も龍恵祭に参加したのは一度きりだし、大した助言はできないけれど……まあ、こういう時に見栄《みえ》っ張《ぱ》りな妃嬪が取りがちな行動なんて、どの時代でも変わらないと思うわ。下賜される品といえば、絹布とか宝石とか、珍しい銀細工とか、せいぜいその程度ね」

「な、なるほど」

「個性がないのよ、個性が」

ふう、と王淑妃は退屈そうにため息をついた。

「確かに貴金属類や絹は売れば纏まったお金になるし、それで救われる民もいると思うわ。だけど、やれ桃州《とうしゅう》産の翡翠《ひすい》だの、菊州《きくしゅう》産の白絹だの、どんぐりの背比べな品を自慢し合ったところで、生産性も意外性もないわよね」

「あの、王淑妃様は」

英鈴はそっと尋ねた。

「前回、どんな品を下賜されたんですか？」

「当時はまだ、金枝国から来たばかりだったから、やっぱり代わり映えのしない品よ」

なんでもないことのように、軽い調子で相手は答える。

「向こうから持ってきた高価な毛織物《けおりもの》と大粒の紅玉《こうぎょく》、あと馬を六頭ばかりだったかしら」

（す、すごい！）

さすがというべきか、規模が違う。素直に感心してしまうのに、王淑妃は不服そうな顔を崩さない。

「あの頃は私もまだ、周りに合わせて生きていくべきなんじゃないかって思っていたから……そういう、つまらないものを用意したというわけ」

「では、あの、今回はどのような品を？」

「あらっ、よくぞ聞いてくれたわね！」

途端に表情をころっと明るいものに変えて、彼女は寝台に備え付けられた机の引き出しを勢いよく開けた。

「これよ、これ。去年の冬頃から準備している自信作！」

寝台の上から渡された紙の束を、近寄って両手で受け取る。椅子に戻って表紙をめくってみれば、それは長編の小説だった。

「これを、王淑妃様が……」

「そう、『新・英淳江湖《えいじゅんこうこ》』よ。まだ書き途中なんだけれど」

この上なく真剣な面持ちで、彼女は言う。

「普段はぐうたらだけどやる時はやる薬師・馬雷信《ばらいしん》が、邪教集団を相手に切った張ったの大立ち回りを繰り広げるの。前作は我ながらちょっと芸術路線を狙いすぎていたから、今回は一般の人々でも理解しやすい平易な娯楽作品にしてみたわ」

（娯楽作品……？）

それほどたくさん小説を読んできたわけでもないので、あまりぴんとこない。

「ほら、龍恵祭って、後宮の女たちにとっては自慢大会のついでだけれど、市井の人々にとっては最高のお祭りでしょう？　盛り上がることそのものが目的だものね」

龍神《りゅうじん》に「今の皇帝陛下の世の中は、こんなにも安楽泰平なものですよ」と示すためにあるのが龍恵祭だ。王淑妃が語るところでは、年末の冬大祭《とうたいさい》すら上回るほどの盛り上がりをみせていたらしい。

先帝の即位の時は幼すぎて記憶にない英鈴にとっては、初めて聞く話ばかりだ。

「実際に見たわけじゃないけれど、麗和によれば、羽目を外しすぎて二日酔いだの胃もたれだので苦しむ人が、道端にたくさん転がるくらいなんですって」

「み、道端に⁉」

いくら楽しい祭だとしても、それはそれで問題なのでは――と思うのだが、対して王淑妃は特に気にしていない様子で、こちらの手の中の紙の束を指さす。

「だから、そういう気楽な雰囲気に合った内容にしたくてね。あっ、どうぞ。遠慮せずに読んでみて」

「あ、はい。では」

王淑妃に武俠《ぶきょう》小説を書く趣味がある、というのは知っていたが、実際に読ませてもらうのは初めてだ。

英鈴は文章を目で追った。主人公が物語の開始早々、状況説明もそこそこに、襲い来る僵尸《キョンシー》たちを片っ端から殴り倒している。どうやら僵尸に嚙《か》まれると、同じく僵尸になってしまうという世界観のようだ。やたらと肉体の損壊描写が丁寧である。

武俠小説とはこういうものなのだろうか？　詳しくはないが、たぶん違うと思う。

「うーん」

「どうかしら？　誤字があったらそっと教えてちょうだい」

「い、いえ。今のところ誤字はないと思いますが」

英鈴は少し考えてから、やや言葉を選んで応えた。

「あの……全部読んだ後で、また感想を言わせてください」

「ええ、もちろん。嬉しいわ、たまに会ってもうちの弟は、そんな殊勝なことすら言ってくれないのよ。姉上の文章は恥ずかしいですとか言うんだもの」

（えっ、燕志《えんし》さんが⁉）

どんな時でも礼儀正しく穏やかな燕志も、姉である王淑妃に対しては別、なのだろうか。

英鈴が考えている間に、王淑妃はどこか誇らしげに言った。

「今、麗和に印刷を手配させているの。龍恵祭ではこの小説の冊子と、あと私の部屋にある要らない調度品を売る予定よ。いくつか」

（もしかしたら調度品のほうが高く売れるのでは……）

そんなことをつい考えてしまったが、失礼なので掻《か》き消した。

とその時、ふと気づく。王淑妃が、こちらの顔を覗《のぞ》き込んで微笑《ほほえ》んでいる。

思わず自分の頬に手で触れつつ、英鈴は尋ねた。

「私の顔に、何かついていますか？」

「いいえ。ごめんなさいね、そうじゃないのよ。ただ」

王淑妃は片手に八宝茶の碗《わん》を取ると、小首を傾《かし》げてみせる。

「少しは気分転換できたかしら。あなた、この部屋に来た時からずっと、何か悩んでいる様子なんだもの」

「えっ」

――見透かされていた。

どきっ、と驚きで心臓が跳ねる中、王淑妃は悠然とお茶を啜っている。

(悩み……そうよね。私、隠すのは得意じゃないもの)

皇后か、薬師か。どんな時もその二択が頭の中を占めていた。実際、さっきは少しだけそれを忘れられたけれど。

(一晩経《た》っても、結局答えなんて出せていない)

日時は容赦なく過ぎていくもので、龍恵祭の下賜品も決めなければならないし、立后の儀も迫ってくる。その中で自分がどうすべきかが見えてこないから、こうして宙ぶらりんな心地になっているのだ。

何がしたいのか。どうありたいのか。王淑妃のように、すぱっと決めて行動できればいいのに。できないのは、すべて自分の覚悟が甘いせいだ。

——どちらかを選び、どちらかを捨てるという覚悟ができていないからだ。

自戒するような気持ちになり、英鈴は思わず俯《うつむ》いた。

すると、王淑妃の優しい声が耳に届く。

「あらあら、本当に悩んでいるみたいね。あなたがそんなに落ち込むなんて、何があったっていうの？」

「それは……！」

顔を上げ、しかし、口を閉ざす。

——皇后か薬師か選べないなどという悩みは、本当に贅沢《ぜいたく》な二択だ。それで迷っているなんて話したら、まるで自慢しているようになってしまう。

王淑妃は、ずっと自分の味方となってくれている女性だ。不愉快にはさせたくない。

英鈴はそう思った。そこで、別のもう一つの悩みについて告げた。

「実は昨日、嬪《ひん》同士の争いが起こって……なんとか場は収めたのですが、結局首謀者である徐順儀《じょじゅんぎ》様からの謝罪の言葉はなかったのです。これから先もそのような事件が起こるのではないかと思うと、気になって」

「ふうん」

再び手に取った筆をくるくると回しながら、王淑妃は相槌《あいづち》を打った。

「徐順儀殿と揉《も》めた相手は、一体どなた？　楊太儀殿かしら」

「ええ……」

「そう、やっぱりね」

回していた筆の動きをぴたりと止めて、彼女は短く頷《うなず》く。

「だろうと思ったわ。確かに今後も、似たような事件は起こるかもしれないわね」

「えっ。なぜですか」

「妃《きさき》の座が二つも空くから、よ」

こちらを諭すようにじっと見据えてから、王淑妃は続けて語った。

「丁暁青《ていぎょうせい》殿が後宮を去って以来、徳妃《とくひ》の座は空いたまま。それに加えて、董貴妃殿、あなたが皇后になれば今度は貴妃の座まで空位になるでしょう？」

「あっ……！」

我知らず発した声と共に、思い出したのは冬の出来事だった。

徳妃の座に近づこうと、呂賢妃にすり寄る大勢の嬪たち――

さらにもう一つの空位があれば、それを巡って争いが激化するのは必然といえる。

「では……徐順儀様は昇格を狙い、嬪の最高位である楊太儀様を貶《おとし》めようとしたのですね」

「ええ。順当に考えれば、妃になるのは楊太儀殿ですもの」

（なんてこと……）

英鈴は、再び俯いた。せっかく呂賢妃とは、新しい関係を結べたというのに――嬪たちの内での争いは、激化していくばかりだなんて。

仮に楊太儀が無事に空位である妃に就いたとしても、今度は残る一つの妃の座と、空位となった太儀の座を巡って、争いが起こるだろう。しかも服喪が明けた今、陛下の寵愛《ちょうあい》を巡る妃嬪《ひひん》の戦いはまさにこれから始まるといったようなものなのだ。

（皇后になったなら、それを治めなければならない。平和な後宮を作りたいのなら……）

でも、私にできるのかな――そんな弱気な考えが浮かび、震えそうになる拳を握った。前の自分なら、「やってみせる」と気合を入れたところだろう。けれどももう一つの選択肢が見えている今は、別の考えも頭を過《よ》ぎった。もし薬師の道を選んだのなら、こうした争いや面倒ごとから、目を背けることだってできるのだ。

「……」

ついて、押し黙ってしまった。王淑妃はそんなこちらをじっと、静かに見守ってくれている。やがてふっと小さく息を吐くと、彼女は穏やかに言った。

「あなたも苦労するわよね。だってこの後宮には、皇太后陛下がいないもの」

「え……？」

顔を上げた英鈴に、王淑妃はさらに言う。

「何かを学ぶには、先人の知恵と自分の経験の両方が必要でしょう。あなたの場合、後宮の頂点として学ぶべき相手である先人がいない。少なくとも、皇太后陛下という規範になるような人物がいないのは確かじゃない？」

彼女は、だんだん冷めはじめた八宝茶を口に運んだ。

「たった一人で、頂点に立たないといけないだなんて。私のように気楽に過ごしている人間には、きっと想像もできないくらい大変だと思うの」

「……お気遣いくださり、ありがとうございます」

「でもね」

と、王淑妃はにっこり笑った。

「私も後宮に長くいる身だし、一つだけ助言をさせてちょうだい」

纏足《てんそく》を床に置き、わずかに身を乗り出した彼女の顔が、こちらの眼前に近づく。ふわりと、甘い沈香《じんこう》の芳香が漂った。王淑妃は告げる。

「あなたもそろそろ、自分の心に従ってみたら?」

「えっ」

——心? 意味がわからず、英鈴はつい戸惑う。すると、さらに王淑妃は言った。

「自分がどうしたいのか。そして、何か選ばなきゃならないのか考えるのも含めて、ね」

「……」

(つまり、自分自身の気持ちを見つめろ……ということかしら)

無言のまま、そっと己の胸に手を置いた。胸の奥はいまだにざわついていて、落ち着きを取り戻していない。けれど——

(私がどうしたいのか……そうね、落ち着いてよく考えてみなくちゃ。何もかも宙ぶらりんになったままでは、何もできないもの)

下賜品を決める時に、自分がどうするのかも決断すればいい。少なくとも、こうしてずっと思い悩んでいるだけというのよりはましのはずだ。

「わかりました、王淑妃様」

英鈴は、深く頭《こうべ》を垂れた。

王淑妃が何を思って助言してくれたのか、きっと自分はきちんと理解できていない。けれど、彼女はこちらを想《おも》ってくれたのだ。それにはお礼を言っておきたかった。

「ありがとうございます。私、自分の心と向き合ってみます」

「ええ、ぜひそうしてね」

姿勢を戻すと、王淑妃は明るく告げた。

「この後宮で生きていくのなら、ちょっとは図太くなくちゃ。それに、多少は欲張るのも大事だと思うの。かつては縮こまって生きていた、先達からの教訓よ」

――前に燕志が、王淑妃も後宮に来たばかりの頃は、大変な苦労をしたと話していたのを思い出す。

そう、きっと彼女も、今のようになるまで時間がかかったのだ。だからこれはきっと、彼女ならではの励ましなのだろう。英鈴はそう受け取り、改めて礼を述べた。

＊＊＊

とっくに日は暮れて、部屋には闇が広がりはじめている。夕餉《ゆうげ》の後、宮女たちに下がってもらった英鈴は一人、調度品を確認していた。

いよいよ下賜品を決めようと思ったのだ。

（この簞笥《たんす》や衝立《ついたて》は、よく使っているし。こっちの燭台《しょくだい》は、寄付してもいいかな）

改めて見てみると、初めてこの部屋に来た時に比べて、気づかない間にものがたくさん増えたように感じる。自分で買って増やしたというのではなく、皇帝陛下から後宮への下賜品だったり、妃嬪同士の贈り物だったりが多いだろうか。

ありがたく思うのと同時に、なんだか知らない間に、ずいぶん遠くまで来てしまった時のような不思議な感覚を覚える。

ともあれ家具というものは、使ってもらうためにある。この部屋に死蔵しておくよりは、売ってでも、多くの人の役に立てるほうがいいに決まっている。

（この小机も、ほとんど使わないから売ってしまって大丈夫ね。綺麗《きれい》な透かし彫りが入っているから、きっと高い値がつくでしょうし）

視線を、部屋の隅にあるひときわ立派な机――いつも自分が研究のために使っているもののほうに移す。

（そう、食事と応接用以外なら、だいたいあっちの机一つでなんでもこなせるもの。この小机は、やっぱり売りましょう）

近くの棚には、薬研《やげん》や秤《はかり》などの道具が置いてある。

(こっちの棚は、そのままでいいか)

綺麗に整頓して置いてある道具類に視線を向けつつ、英鈴は自然にそう思った。

(結局ここに置いてあるままなのが、一番使いやすいのよね。研究する時に、すぐに道具が取り出せるし。よく使うものなんだから、わざわざ売ってしまう必要なんて)

そこまで考えた時——

「あ」

声が漏れた。——気づいたからだ。今、この時に至っても自分は、研究に使う道具を売ろうなんてまったく考えていない、ということに。

薬の研究をやめて、道具が要らなくなるという未来を、端《はな》から選択肢に入れていない自分自身が、はっきりとここにいる。

英鈴は、そのままゆっくり瞬きをした。

(もし、皇后になるのなら)

つまり薬師の道を諦めるというのなら、こうした道具類は無用の長物と化す。龍恵祭で売るというのは、充分にあり得る選択だ。

けれど改めて考えてみても、これから先、二度と薬の研究をしない自分の姿なんてちっとも想像できなかった。

「それに、この道具は……」

呟《つぶや》きながら軽く身を屈《かが》め、薬研にそっと触れる。

この薬研は、二代目だ。実家から持ってきた最初の薬研は、後宮に入ったばかりの夏の頃、粉々に壊されてしまった。

楊太儀が雪花《せっか》に薬茶を飲ませ、騒ぎをわざと起こした時に――それに加担した、他の宮女たちの手によって。

（あの時は薬疹《やくしん》のせいで雪花の命が危なかったし……私も、本当に怖かった。嫉妬の恐ろしさも、後宮の怖さも、あの出来事でやっと体感できた気がする）

けれど事件があったからこそ、宮女から嬪《ひん》となれた。薬研をはじめ、この道具類は、その時に朱心《しゅしん》がすぐさま用意してくれた品々だ。

そう思うと、不思議な巡り合わせとしか言いようがない。

その果てに、自分は皇后になろうとしているのだから。

（私、どうすればいいんだろう）

また、同じ問いかけに戻ってきてしまった。

――違う。王淑妃の言葉を忘れてはいけない。

（大事なのは、自分自身の気持ちだもの。私は……一体、どうしたいんだろう）

近場の椅子に座り、俯《うつむ》いて、静かに考えた。

何がしたいのか。それは、きっと昔から変わらない。

自分の望みは、一人でも多くの人を不苦の良薬で救うことだ。

（じゃあ、選ぶのは薬師の道？　皇后にならずに、この後宮を去ってしまえばいいの……？）

自問自答してみる。しかし、頷《うなず》けない自分がいた。

皇后の道を捨て、その後に起こるだろう争いに背を向けるなんて——陰謀のない、平穏な後宮を作るという夢から逃げ出してしまうなんて、とてもできない。もし無責任な裏切りをしたなら、きっと一生、自分自身を許せないだろう。

それに何より——朱心と、離れたくない。

（私がなりたいのは、薬師だけじゃない。皇帝陛下の一番近くにいたい。……つまり私は、皇后にもなりたい……と思っている）

なんて欲張りな考え方だろう。

だけど自分の素直な気持ちを探ってみると、もう、その答えしか浮かんでこないのだ。

「だって、私の夢を笑わずに聞いてくださったのは」

呟きながら、脳裏を過ぎる光景がある。

後宮に入る前から一目見たいと願っていた場所、秘薬苑《ひやくえん》。そこに初めて連れて行ってもらった時に、嬉《うれ》しさのあまり思わず夢を語ってしまった英鈴に、朱心は言ったのだ。

『大志を抱くことに、男も女も関係ない。そしてお前が有能なのは、私がよく知っている』

冴《さ》え冴えとした月光の下で、朱心はそう語った。

女が薬師になりたいなどと言えば、何を馬鹿なことをと笑う人たちばかりのこの世界で唯一、夢へと背中を押してくれた人。

それが、朱心だ。

だから、彼の近くにいて、行く道を支えたい。

彼が信じてくれた自分の夢を、どうしても叶《かな》えたい。

──つまり自分は、薬師と皇后、両方になりたいのだ。

「……」

理解した時、胸の奥に、何かこれまでになく熱いものがこみ上げてくるような気がした。

ときめきでも恐怖でも、単なる動悸《どうき》でもない。

言うならば「ようやくわかったか」と、心の奥底が力強く叫ぶような感覚だった。

(でも、両方なんて選べるわけが……)

思いながら、また視線はあの薬研に向く。

——あれで今までに、薬に使うたくさんの草木を挽《ひ》いてきた。

袁太妃《えんたいひ》の病を鎮める薬。暗殺集団『花神《かしん》』が作った不苦の猛毒を無効にする薬。

金枝国に渡す不苦の良薬を作った後は、「女に薬学なんてわかるわけがない」というこの国の在り方そのものを、変えられるかもしれないと思った時もあった。妬みと怨嗟《えんさ》という『毒』が蔓延《はびこ》るこの後宮を、自分たちの代で変えようと誓った時もあった。

けれど自分は未《いま》だに、国の在り方も、後宮も、変えられたわけではない。

それは薬に関しても同じだ。不苦の良薬という概念は、自分一人だけのものだった頃に比べれば、確かに広まってきてはいる。しかしまだ、世の中全体で当たり前の存在となったわけではない。

緑風《りょくふう》のような協力者はいるものの、ほんのわずかだ。呂賢妃に処方されていた『舌下《ぜっか》仙薬《せんやく》』も、結局のところ、暗殺者の作ったものだったのだから。

朱心がその言葉通り、今後も多くの薬師たちに広めていってくれたとしても——それに任せきりにして、本当にいいのだろうか。そんなはずはない。

「これまでたくさんの人たちに支えてもらって、その人たちに誓いを立ててきたのに。私がやるべきなのは、薬師か皇后か、どちらかを選ぶことなの？」

呟く。本当にそうなのか、という問いかけも込めて。

自分の心の奥底は、激しく「否」と叫んだ。

どちらかの道に背を向ければ、必ず何かを裏切ってしまう。他の人の心だけでなく、自分の心すらも。一つを選ぶためにもう一つを捨てなければならない時というのは、生きる上できっと、必ず訪れるものなのだろう。でも、それは今ではない。

（王淑妃様は言っていた。自分の心に従え、と）

そして、こうも言っていた。『何か選ばなきゃならないのか』も考えなければならないと。

「そうよね」

独り言《ひとりご》ちながら、おもむろに椅子から立ち上がった。足には自然と力が籠っていた。

両の拳を握ってみる。熱い血の流れを、皮膚の下に感じる。血に乗って、気が全身に漲《みなぎ》るのを感じる。

「そうよ、なんでわからなかったんだろう」

皇后か薬師か、どちらかを選ぶ必要なんてない。どちらかを諦める必要もない。

なぜなら――

「私は、旺華国《おうかこく》後宮の薬師だから」

言葉は夜闇に溶けていく。けれどそれはむなしく消えたのではなく、英鈴の心の中に、炎のように燃えて宿っていた。

全身を重たく包み込んでいた、あの嫌な感覚はもはやなくなっている。

どうすればいいのか、ようやくわかった。

（そうと決まれば……！）

やるべきは、調度品選びなどではない。

英鈴は机に向かい、灯《あか》りをつけると、まずは筆を手に取るのだった。

＊＊＊

明くる日。以前、紅葉饗《こうようきょう》が行われたのと同じ広い庭に、今日は後宮中の妃嬪《ひひん》が特別に一堂に会している。

予定されていた通り、龍恵祭の下賜品のお披露目会が始まろうとしているのだ。

（……やっぱり、ちょっと空気がピリピリしているみたい）

貴妃ということで上座にいる英鈴は、そっと目だけを動かして周囲の様子を窺《うかが》った。

向かいの席につく呂賢妃は、今日も人形のごとく整った顔立ちに、無関心を体現するかのような冷たい表情を浮かべている。

その隣には、なんと王淑妃がいた。普段はこうした集まりには体調不良を装って出席しないのが常の彼女だが、どうして今回は――

と思っていたところで、視線が合った王淑妃はぱちりと目配せしてみせた。

(ひょっとして、私を心配してくださったのかしら)

昨日の自分は、あまりに落ち込みすぎていた。きっと気遣ってくれているに違いない。

無言のままだが深く頭を下げてから、英鈴はさらに、嬪たちのほうを見やった。

嬪の筆頭たる楊太儀は――完全に炎症が消えたわけではないようで、腕や手を覆い隠すように袖の長い衫《さん》を纏《まと》っていたが――顔の痛ましい腫れはかなり引いたようで、輝くばかりの美貌を取り戻しつつあった。

(よかった……！　十薬酒が効いているのね)

ほっと安堵《あんど》しながら視線を移せば、徐順儀や黄淑容《こうしゅくよう》、そして白充媛《はくじゅうえん》も席についている。たおやかな美貌に微笑《ほほえ》みを浮かべて堂々と座っている黄淑容、どこか不安げな面持ちで顔を伏せている白充媛とは違い、徐順儀はどこか苛立《いらだ》った様子だ。

彼女は自分に仕える宮女を呼び出すと、何事か答えさせ、ほくそ笑んだり眉を吊《つ》り上げたりしている。その視線は、ちらちらと他の妃嬪の椅子の後ろに向いていた。

椅子の後ろには、布を被《かぶ》った大きな荷がいくつも置かれている。そしてそれらすべてが、民への下賜品である。

「……」

英鈴は、ちらりと自分の背後に視線を向けた。そこには何もない。けれど、それはもはやなんの問題でもなかった。

「さて、皆様方」

ややあってから率先して声を発したのは、呂賢妃の隣に立つ月倫《げつりん》だ。

「僭越《せんえつ》ではございますが、ここは呂賢妃様にお仕えする私めが、場を取り仕切らせていただきます。では恐れながら、白充媛様から下賜品のお披露目をお願いいたしますわ」

「え、ええ」

鈴を転がすような繊細な声音で、白充媛は頷いた。どうやら、紹介の順番は下位の嬪《ひん》からということになっているようだ。

しかし白充媛は、自身の出身である地方特産の果実を提供すると早口で告げるなり、すぐに次の嬪に出番を譲ってしまった。白充媛が座る後ろで、布が取り払われた果実の山が、瑞々《みずみず》しく陽光を跳ね返している。

(素敵な品なのに、どうして白充媛様はあんなに自信がないご様子なのかしら)

そう思ったのも束《つか》の間《ま》、疑問はすぐに氷解した。

他の嬪たちの品は、どれも信じられないほどに高価なものばかりだったからだ。

桑州《そうしゅう》の温かな海で採れたという、英鈴の背丈ほどの大きさをした桃色の珊瑚《さんご》。深く紅色に輝く、繊細にして華美な錦。豪奢《ごうしゃ》な装飾が施された、黄金製の龍神像など――

(値をつけるのも馬鹿らしくなるくらい、貴重な品ばかり……)

確かにこれでは、いかに名産品で質のよいものだったとしても、果実の山では見劣りするように感じてしまうかもしれない。英鈴自身、もし当初の考え通り、苦し紛れに燭台《しょくだい》やら小机やらを出品していたら、やはりいたたまれない気持ちになっていただろう。

(つまりそれだけみんな、本気でこの場に挑んでいるということよね)

英鈴はなんとなく、気を引き締めた。

そうこうするうちに、黄淑容の番が回ってくる。彼女は恭しく立ち上がると、気負わない態度で告げた。

「私は、菊州産の絹布を提供いたします。圭雨《けいう》、荷を」

「はっ」

宮女の圭雨が、主人の言葉に応じて静かに下賜品を露《あら》わにする。瞬時に迫ってきたのは、目も眩《くら》まんばかりの輝きだ。周囲からもどよめきがあがる。

黄淑容の席とは、それなりに距離がある。にもかかわらず、絹布が反射した陽の光はこちらにまっすぐに届いているのだ。どこまでも澄んだ、白い光が煌《きらめ》いている。

布の質にそれほど詳しくない身でもわかるほど、最上級の逸品だ。

「菊州の甲貞山《こうていざん》に、我が黄家がかねて懇意にしている養蚕家の一族がおります」

ざわめく女性たちの声よりも強くはっきりと、黄淑容は語り続ける。

「皇帝陛下のお召し物にも、その一族が作った生糸が使われております。同じ生糸を、熟練の職人に織らせた品がこの絹布です」

にこりと微笑む彼女の頭には、今日も翡翠《ひすい》の髪飾りが輝いている。

「売っていかほどの金子になるか私は存じませんが、きっとそれなりの価値はありましょう。この品で困窮の内にある民を救えるのなら、私も本望です」

以上です、と短く告げて、黄淑容は再び席につく。

一方で、珊瑚や紅錦《こうきん》を披露した嬪たちは臍《ほぞ》を噬《か》むようにしていた。

(でも、無理もないかも。あの絹布は一目でわかるくらい、特別だったもの)

ここにいたら、金銭感覚がおかしくなってしまいそうだ。かつて実家にいた頃に扱ったお金の額を思い出しながら、英鈴は思わず喉を鳴らした。すると――

「まあ、黄淑容殿。なんて素晴らしいお品でしょう」

高らかにそう告げた嬪が、一人いる。徐順儀だ。

「徳と品性、そして寛容の精神。さすがは名門のご出身と、感服申し上げます」

「ありがとうございます」

応える黄淑容の表情は穏やかだ。けれどそこで、徐順儀は口の端を吊り上げる。

「では、黄淑容殿の後では見劣りしてしまうかもしれませんが。次は私の品をお見せいたしましょう」

いかにも謙遜するように、しかし自信満々な声音で告げた彼女の手の動きに合わせて、背後にある荷にかかった布が取り払われていく。

その瞬間、大きなどよめきが生まれた。先ほどの絹布を中天の陽光に譬《たと》えるなら、今度の品は深く澄んだ夜空のようだ。

現れたのは、瑠璃《るり》の大石。英鈴の腰ほどの高さ、そして肩幅ほどの大きさをした青い石には、まるで天の川のように金色の煌きが散っている。

しかもそれが、二つ。双子のようによく似た宝石が、揃《そろ》って静かな輝きを放っている。

（た、確かにこれは自慢したくなるのもわかる……）

つい目を何度も瞬《しばたた》かせながら、その光輝に見入ってしまう。

平民の基準で考えるなら、例えばその瑠璃が指で摘まめる程度の大きさだったとしても、門外不出の家宝として扱われるだろう。

なのに惜しげもなくあんな巨大なものを、二つも用意するなんて。

「ほほほ」

驚く人々を睥睨《へいげい》するように、徐順儀は高らかに笑ってみせた。

「皆さまに驚いていただいたこと、望外の喜びです。このような品、私はさほど高価とも思っておりませんのに」

いかにもさらりと、つまりはわざとらしくそう告げると、彼女は胸に手を置く。

「けれども瑠璃には、宝石ならではの価値もありますものね。いかに優れた絹布であろうと、虫に食われれば価値を失いますが、石にその心配はありません……ああ、そういえば」

徐順儀は、そこで黄淑容を見つめた。

「どこぞの名家の権勢も、まさに絹布のようでしたね」

彼女の放言と同時に、黄淑容の口の端が、ほんのわずかに引きつった。

英鈴もまた、はっと息を呑《の》む。

（今のって、黄家への当てつけ……？）

いや、疑うまでもなく当てつけだ。黄家はかつて国家の要職にその名を置き、皇帝を凌《しの》がんばかりの権威を持っていた。しかし徳妃だった黄淑容が安眠茶《あんみんちゃ》を巡る事件を起こしたのがきっかけで、黄家もまた私腹を肥やしていたことが発覚し、権勢は失われた。

徐順儀は、それを皮肉ったのだ。名家の没落を、虫食いの絹布になぞらえて。

（なんて無礼な！）

いくらなんでも、言ってよいことと悪いことがある。英鈴は即座に制止しようとした。

だがそれよりも早く、楊太儀が立ち上がって毅然《きぜん》と口を開く。

「徐順儀殿、お黙りなさい！　公然とそのような下品な物言いをするなど、嬪として恥ずかしいとは思いませんの？」

彼女の一喝に、ざわついたままだったその場の空気がぴんと張り詰めた。黄淑容は硬い表情のまま、徐順儀を見つめている。周囲の嬪たちはどう反応すればよいものか、判断がつかないように視線を彷徨《さまよ》わせていた。

けれどその中で、徐順儀だけが不敵に笑っている。

「ああら、これは楊太儀様。清廉なご主人様への忠義立て、結構ですね」

「……なんですって？」

聞き返しながら、楊太儀は眉を顰《ひそ》める。すると徐順儀の視線が、こちらを向いた。

「董貴妃様の威を借る狐《きつね》、平民の威を借る良家だからこそ、吠《ほ》え立てなさったのでしょう？　何かとあれば貴妃様、貴妃様と……あら、失礼。狐ではなく走狗《そうく》でしたかしら」

「な……！」

立場が上の嬪に対して放たれる、あまりに直截《ちょくせつ》な物言い。楊太儀だけでなく、英鈴も耳を疑った。しかし徐順儀は重ねるように、楊太儀の腕を覆う長い袖を見やって告げる。

「そのお肌の不調も、日頃の不摂生のせいでは？　お化粧でごまかしきれておりませんよ。嬪として恥ずかしいのは、どちらなのでしょうねえ」

楊太儀の目が見開かれ、額に青筋が浮かぶ。

「あなたっ……！」

今までに見たことがないほどに、楊太儀は怒りに我を忘れていた。周囲の嬪たちが短く息を呑む音が聞こえる。同時に、徐順儀がほくそ笑むのも見えた。そして、英鈴は――

――ぱん。

怒りに任せた一言を楊太儀が放つよりも先に、頭の上に掲げた両手を打ち鳴らしていた。

その音は庭に響き渡り、混乱や怒りを掻《か》き消した。驚いた人々が自然とこちらに目を向けたのを確認してから、英鈴は座ったまま静かに言う。

「皆さん、お疲れのようですね。飲み物を持ってきてもらいましょう」

今の手の音は、雪花への合図だ。董貴妃に仕える宮女たちが、厨《くりや》へと向かっていく。

かたや楊太儀ははっとした表情で再び席につき、徐順儀は憎らしげに睨《にら》みつけてきた。

（……これで大丈夫ですね、楊太儀様）

徐順儀のことは一時無視して、英鈴は視線だけで楊太儀に呼びかけた。

——徐順儀があそこまであからさまな物言いをしたのは、楊太儀を挑発するためだ。

楊太儀の肌を害したのは、もちろん徐順儀である。しかし、その事実を知る者は後宮に多くはない。少なくとも、もし先ほど楊太儀が激情のままに非難の声をあげていれば、人々は「楊太儀は痛いところを衝《つ》かれて逆上したのだ」と捉えるだろう。

そう、安眠茶の騒ぎの中で、徐順儀に英鈴がやられたのと同じように——人は得てして、おどおどと語られた真実より、堂々と語られる虚偽を信じてしまうものなのだ。楊太儀にも仕掛けたところからして、もしかすると、これは徐順儀のお得意の手なのかもしれない。

（だからそうなる前に、強引にでも場の空気を変えた。いくら徐順儀様とはいえ、この場で私の宮女たちの動きまで遮れはしないもの）

考えながら楊太儀を見つめていると、彼女は完全に平静を取り戻したようで、こちらに黙礼してきた。英鈴がほっとすると、ちょうどその時、雪花たちがこちらへ戻って来る。

「これは……？」

主《あるじ》たる呂賢妃の前の卓に置かれた杯を見て、月倫が疑問の声を発する。呂賢妃自身も、無言のままながらわずかに驚いた顔をしていた。他の妃嬪《ひひん》たちも興味深そうに、または不安そうに杯を覗《のぞ》き込んでいる。

なぜなら杯に注がれた水が、火にかけられているわけでもないのに泡立っているからだ。何も知らない人が見れば、さぞかし不気味に思えるだろう。

そこで、英鈴は静かに説明を始めた。

「今お届けしたのは、私が作った『枳殻汽水《きこくきすい》』です。ご心配なさらずとも、その水が泡立っているのは、不可思議な力によるものではありません」

末端の席に座る嬪にも聞こえるように声を張りながら、続けて語る。

「枳殻《きこく》、つまり橙《だいだい》や文旦《ぶんたん》などの柑橘類《かんきつるい》を輪切りにしたものと重曹を、茶葉を抽出した水に混ぜました。重曹と枳殻は水の中で合わせると、清涼感のある泡を生むのです」

この発見自体は、英鈴自身によるものではない。柑橘類の果汁と重曹を合わせると汽水《きすい》、または炭酸水と呼ばれる水を作れるというのは、書物で知ったことである。

けれど、こうして作った水と茶葉を合わせるのは、自分で作った服用法——つまり、新しく開発した不苦の良薬だ。

「さあ、どうぞ。お召し上がりください」

告げた英鈴は、まず自分から杯を傾けた。作った本人が率先して飲めば、無害だと証明できるはずだ。

そう思っている間に、楊太儀や王淑妃、満修容《まんしゅうよう》などの妃嬪が、杯に口をつけている。

「あらっ、美味《おい》しいじゃない！」

最初に感想を発したのは王淑妃だった。

「泡のせいか果物の酸味のお蔭《かげ》かわからないけれど、とても爽やかね。今までにない飲み物だと思うわ」

「美味しい！　口の中がさっぱりしますね」

満修容もそう言って、にっこりと微笑《ほほえ》んでいる。彼女たちの反応を見て、気後れしていた女性たちもおずおずと杯を傾けはじめたようだ。

（よかった……！）

思惑通りに事が運んで、英鈴は胸を撫《な》でおろす。

お茶、薬学でいうところの茶葉《ちゃよう》には頭や目をすっきりさせ、同時に気分を落ち着かせる効能がある。これに気の巡りを改善する枳殻と、炭酸水の爽やかさが加わることで、張り詰めた気分を和らげる「薬」となるのだ。

幾人かの女性たち、例えば徐順儀などは、未《いま》だに口をつけようとはしていない。けれど場の流れが変わっている今、動き出すにはぴったりの頃合いだろう――と英鈴は思った。

「それでは、皆さん」

決然と立ち上がり、出しうる限りの声を発した。全員の視線が、またこちらに向く。

「順番を変えて申し訳ありませんが、よい機会ですし……僭越《せんえつ》ながら、私の下賜品を先に発表させていただきたいと思います」

発表の順が下位から上位へという決まり事があるなら、それを覆すのは本来、褒められた行為ではない。けれどこのまま、争いが起こるのを放っておくわけにはいかなかった。

そしてちらりと視線を送れば、呂賢妃にも、こちらの動きを止めようとする素振りはない。むしろその目は、珍しいことに英鈴を注視している。彼女なりに、興味を示している証拠だ。

だから――月倫だけはどこか不服そうではあったが――堂々と、英鈴は続きを告げた。

「私からの下賜品は、不苦の良薬です」

「……？」

ざわめきは生まれず、代わりに辺りを包むのは当惑、あるいは嘲笑の空気だ。

董貴妃はまた何を言いだしたのだろうという戸惑い、または「例のご自慢のあれが出た」と小馬鹿にするような雰囲気。

けれど、そんな反応は予想済みだ。英鈴は怯《ひる》まずに語った。

「薬を売ろうと考えているわけではありません」

下賜品が売られ、それで得た金子が人々に還元されるという仕組みは理解している。

しかし英鈴はあえて、違う道を見出《みいだ》そうとしていた。

龍恵祭の通例とは違う道、というだけでなく——自分自身の進退についても、与えられているものとは違う道を。

「龍恵祭では、旺華国各地の名産品を出す店が並び、たくさんの客人が訪れると聞いています。そこで私は、不苦の良薬を無料で配る店を出そうと考えています」

断固とした口調で、英鈴は続きを述べる。

「王淑妃様から伺った話では、龍恵祭の盛り上がりは相当なものだそうです。羽目を外しすぎた人々が、二日酔いや胃もたれに苦しみながら、道端に転がるほどだと」

その話を聞いた時から、心の片隅にずっと引っかかるものを感じていたのだ。たとえ楽しむためとはいえ、暴飲暴食で健康を損ねては元も子もない。それに往来にそうした人々がいることで、迷惑を被った人もいただろう。それでは健全な祭とは呼べないはずだ。

「私はそうした体調不良を未然に防ぎ、今代の龍恵祭を、誰にとっても健やかで楽しいものにしたいのです」

しかし実際のところ、酔っぱらったり気分が悪かったりする人々に苦い薬を勧めたところで、飲んでもらえはしないだろう。それに最も望ましいのは、そもそもこうした体調不良を未然に防ぐことである。となれば——

（飲みやすく、苦しまずに、できれば本人が喜んで服用できる薬。または事前に美味しく食べるだけで、体調を整えられるような薬……）

つまり、不苦の良薬の出番である。

「先ほど皆さんに飲んでいただいた枳殻汽水ならば、爽やかな味わいを楽しみつつ水分を補給できます。今は暖かくなってきたとはいえ乾燥も激しい季節、ましてそんな中で楽しく騒ぐことになれば、喉の痛みや脱水症状に苦しむ人も出てくるでしょう。そうならないために、枳殻汽水はきっと役に立ちます」

妃嬪たちは、どこかぽかんとした顔でこちらの話を聞いている。

そんな中で、そっと楊太儀が口を開いた。

「では董貴妃様は……この水を配る店を、貴妃様の名の下にお出しになると？」

「いいえ、それは少し違います」

軽く首を横に振ってから、英鈴は答える。

「確かに貴妃の名を持ち出せば、最初から多くの人々の興味を引けるかもしれません。けれどそれは、私の望むところではないのです」

貴妃による出店だと先に知られてしまっていては、きっと内実ではなく外見、つまり「後宮の妃《きさき》が出した店」という点だけが注目されてしまうだろう。

そうなれば先入観が生じ、「貴妃が作ったものだから褒めなければ」とか、「後宮の妃嬪が片手間に薬師の真似事《まねごと》をしただけだろう」といった、余計な評価ばかりがつきかねない。

それでは意味がないのだ。なぜなら、英鈴が望むのは――

「私は、龍恵祭で体調不良になる人々を減らしたい。そしてこの祭をきっかけとして、旺華国に住まう市井の人々の間に、不苦の良薬を広めたいと願っています」

そう告げた時、ざわ、とどよめきがあがった。驚きだけでなく、中には呆《あき》れ混じりの嘲笑も聞こえてくる。

「さすがは董貴妃様、商魂逞《たくま》しいこと」

「後宮内だけでは我慢できずに、外でまで才をひけらかそうとするなんて……」

「陛下を讃《たた》えるための祭だというのに、よくもまあ恥ずかしげもなく」

――以前なら、胸を痛めたかもしれない。けれど今は、なんとも思わなかった。

（だって全部、的外れな意見だもの）

平然と、英鈴は続きを語った。

「私が不苦の良薬を開発するようになって、しばらく時が経《た》ちます。しかし残念ながら、未だに薬に関する偏見――つまり『薬とは苦いもので、我慢して飲まねばならない』という印象を消すには至っていません」

朱心が他の薬師たちに不苦の良薬の研究を広め、また緑風のように開発にまで至っている人物がいるのは事実だ。けれど不苦の良薬の概念が実際に民間にまで広まっているとは、とても言えない。

それは過日、後宮を飛び出して永景街《えいけいがい》や雨貞街《うていがい》を駆け回った時にも肌で感じていた。実家である董大薬店《だいやくてん》の倉庫の品揃えも、人々が医師や薬師のもとに行き来する様子も、以前と何も変わりなかったのだ。

(もちろんあの時は別の理由で必死だったから、最近になるまで、そういうことは気に留めていられなかったけれど)

ともかくこうなってくると、一つの懸念が湧き上がってくる。仮に努力が実り、今の代で不苦の良薬を広められたとしよう。けれど朱心の影響力が消えた次代以降に、まったくその概念が継承されなかったとしたらどうだろうか？

皇帝・朱心の代では、変わった薬の服用法が流行《はや》っていた――と史書に記述が残るだけの未来。それでは、なんの意味もない。今の世だけでなく、これからの世でも、薬の服用で苦しむ人々を減らしていかなければいけない。

そのためには、不苦の良薬が民間に根付くことが肝要だ。例えば旺華国の数々の祭と同じように、不苦の良薬の概念が尊ばれ、利益のあるものとして自然に実践されるようになったなら、たとえ幾世代の時を経たとしても、そう簡単に消えてなくなりはしない。遠い未来の世の中にも、不苦の良薬は残るだろう。つまり将来にわたって、薬の服用に悩む人を助けることができる。

「だからこそ、祭はきっかけになります。龍恵祭の場で多くの人々に、不苦の良薬を知ってもらい、認めてもらいたいのです。そうすれば、不苦の良薬の概念は人々に根付くでしょう。そして祭に参加した人だけでなく、後世の人々をも救うことができます」

自分の胸に片手を置いて、英鈴はきっぱりと告げた。

「私は枳殻汽水だけでなく、他にも祭の場に即した、新しい不苦の良薬を作りたいと思っています。そして薬師の方が来たならば、その方たちには、店に出している薬がどうやって作られているかの処方箋を配ろうと考えています」

そうすれば市井の人々だけでなく、薬師にも不苦の良薬を知り、実践してもらういい機会となるはずだ。

「以上が、私の下賜品です」

語り終えると、妃嬪《ひひん》たちはもはやざわめきもせず、しんと静まり返る。

だがその中で、おもむろに口を開く者がいた。——呂賢妃だ。

「一つ、聞きたいのだけれど」

まるで葉擦れのようにささやかな、しかし不思議とすんなり耳に届き、場を支配するような響きを伴った声音で、彼女は問う。

「お金や人手は、どうするの」

「それは……」

「とぼけても無駄」

じろり、と冷たい瞳がこちらに向けられる。

「薬の服用法を売るのではなく配るというのなら、相応の元手が必要になるはず。材料費や出店の建築費だって、どこから出すつもりなの。まさか、陛下に頼るつもり？」

「まぁあ、素晴らしいご指摘。さすがは呂賢妃様ですわ！」

月倫が身をのけぞらせるようにしながら、高らかに言った。

「ですが董貴妃様が、陛下のご厚情だけを当てにしていらっしゃるはずなどございませんわ！　ええ、きっと何かお考えがあるはず。そうでしょう、董貴妃様？」

こちらにちらちらとわざとらしい視線を向けながら、嫌みったらしく語る月倫に——

「ええ、もちろん」

軽く頷《うなず》き、英鈴は言う。

「陛下に何かお願いするつもりはございません。今回はぜひ、妃嬪の皆様がたの力をお借りしたく存じます」

「なっ……!?」

いよいよ、今までにないざわめきが生まれた。言い放った本人である英鈴と、英鈴に仕える宮女たち以外の全員が、大なり小なり驚きを露《あら》わにしている。

そこで負けずに、また口を開いた。

「貴妃として皆さんに命じるわけでも、ご自分で用意された品を下賜するなと言うのでもありません。もし余力のある方がいらしたら、私に協力していただければと思うのです」

素直に、そして冷静に語りかける。

「金子や人手の面だけでなく、配る不苦の良薬の内容に関しても、皆さんのご意見をいただきたいと考えています。店を出す際には陛下のお許しをいただかねばなりませんが、その時も私ではなく、後宮の妃嬪全体の名義にしたい、と考えているくらいですから」

告げた途端、はっきりと笑い声が聞こえてくる。勝手に気分が盛り上がった平民上がりが、自分の力でできもしない仕事をやろうとして、力を貸してくれと喚《わめ》いている——とでも言いたげな雰囲気。それを引き裂くように、英鈴は精一杯に声を張り上げた。

「皆様は不苦の良薬がどれほど飲みやすいものか、とっくにご存じですよね？　よいのですか、それをこの禁城だけで独占してしまって」

徐順儀にも劣らぬほどの直截《ちょくせつ》な物言いをあえてすると、嬪《ひん》たちの視線が集中する。

「素晴らしいものは独占せず、人々と分かち合ってこそ、慈悲深い陛下の奥方というものではありませんか？　先代の後宮のように謀略で他人を蹴落とすのではなく、自らの名を高めてはいかがでしょうか」

朱心の母を殺し、黄淑容に仕えていた宮女を殺し、呂賢妃の姉と飼い猫を殺したのは、すべて後宮の内に毒として蔓延《まんえん》していた悪意だ。

下手人であった花神そのものは解体された。しかし、後宮それ自体が変わらなければ、きっとまた同じ歴史が繰り返されるだろう。花神の首魁《しゅかい》である紫丹《したん》が嗤《わら》っていた通り、何も変わらないままになってしまう。

「私は後宮の醜い争いの歴史を、私たちの代で断ちたいのです。そのためにも今回の祭では、皆さんの力をお借りしたい。妃嬪の名の下にある店で後世に残るものを提供できれば、今上陛下のお傍《そば》には、頼もしい女性が集っていると示せるはず。皆さんの名も自然と上がるのは道理です」

女が薬などわかるはずはない、女は薬師になれない――というのが、この国での現在の常識だ。しかしもし今代の後宮の女性たちがその常識を打ち破れたなら、女性でも薬に関われるのだと、人々に知らしめる機会になるかもしれない。

何より、後宮の女性たちが一つの目的に向かって協力し合い、成功して名を上げるという経験は、争いのない未来の後宮を実現する道程の、まさに第一歩となるはず。

そう、英鈴が選ぶ道はここにあった。

薬師の道を選んで禁城に背を向けるのでも、皇后の道を選んで不苦の良薬を捨てるのでもない、第三の道。

董英鈴は薬師と皇后、どちらも選ぶ。どちらの責務からも逃げ出さずに、両方をやり遂げてみせる。そう決めたのだ。

だが口先だけではなんの意味もないし、実力を示さないことには、朱心が認めてくれるはずもない。だからこそ、今回の出店を考えだした。

不苦の良薬を市井に浸透させ、人々を救う。いがみ合う妃嬪の心を一つに纏《まと》め上げる。

そしてそれを成し遂げた姿を、実際に朱心に見てもらうことで――

（私の選んだ道を、陛下にお認めいただく）

それが、英鈴の究極の目的である。

「単なる綺麗《きれい》ごとを言っている、と思う方もいるでしょう。そういう方にこそ、私の仕事を近くで見ていてほしい」

ひときわ息を深く吸い、続きを告げた。

「後宮を変える、私の仕事の証人になってください。そのためにも私は、多くの方のお手伝いを望んでいます」

ここで董英鈴に与《くみ》すれば、新しい時代の後宮に賛同するのと同じ。それは何よりも、自らの名を上げることに繋《つな》がる——など。ともすれば、否、はっきり言えばとても思いあがった言葉だ。けれど、こう断言できる。

「私のこれまでの仕事については、あなた方こそがよくご存じでしょう」

示すのは、紛れもない事実だ。

「安眠茶の騒動も、暗殺未遂も、金枝国からの使者殿の件も、暁青様のことも、追放騒ぎも。いつも私を近くで見てきたのは、あなたたち、後宮の妃嬪がたなのですから！」

彼女たちならわかっているはずだ。英鈴の技術が、決してはったりではないということ。

不苦の良薬をいくつも考案してきていること。そして、たとえ生意気で身の程知らずな平民出の妃《きさき》だとしても、少なくとも、口先だけの人間ではないことを。

何度危機を迎えようとも、その度に乗り越えてきたという事実を、彼女らは知っている。

「私はただ、不苦の良薬の効能をより多くの人たち、そして後世の人たちに伝えたいだけです。それが私たちのよりよい未来に繋がると、信じています」

そこで、英鈴は堅く口を閉ざして相手の反応を待った。妃嬪の一部に漂っていた冷笑的な空気はなりを潜め、皆、なんとも言えない表情で押し黙っている。

だがその時――いち早く声をあげようとした満修容と楊太儀よりも、わずかに早く――口を開いたのは、またも呂賢妃だった。

「話はそれだけ？」

彼女の目は、先ほどと同様に冷たく光っている。英鈴は、正面から頷いた。

「はい、それだけです」

「……そう。だったら」

呂賢妃は、こちらを見据えるようにして言う。

「いいわ。手を貸す」

「呂賢妃様!?」

こちらが礼を言う言葉を掻《か》き消して、身を乗り出したのは月倫だ。

「なぜあなた様が、そのような……！　あなた様は既に、この場にいる誰よりも素晴らしい下賜品をご用意されています。平民出の店になど、関わる必要は……あぁら」

月倫は、こちらに向かって身を捩《よじ》らせるようにして言った。

「董貴妃様、あなた様が平民出身でいらっしゃるのは紛れもない事実ですわよね？　ですからこれは嫌がらせではなく確認です、お間違いなきよう！」

月倫の言葉に合わせて、呂賢妃の宮女たちはころころと笑ってみせた。

（確かに、嫌がらせは今後なしにしようって約束は破っていないけれど……あんな言い方をされるとやっぱり、ちょっと腹が立つ！）

しかし、呂賢妃の態度は変わらない。

彼女は月倫たちを一瞥《いちべつ》して黙らせると、再びこちらに視線を向けて、淡々と告げた。

「理由なんて決まっている。董貴妃殿……あなたは私に、自分の代で後宮を変えると言った。私には、あなたが姑息《こそく》な嘘《うそ》つきでないと見極める義務がある。それだけ」

――追放騒ぎの時に交わした約束を反故《ほご》にされないかどうか確かめるために、手伝うのだと涼やかに告げて、呂賢妃はまた視線を逸《そ》らした。

けれどこちらの胸を満たすのは、温かな気持ちだけだ。

「ありがとうございます、呂賢妃様……！」

「董貴妃様、わたくしも！」

楊太儀が、頬を紅潮させて言った。

「わたくしも、精一杯助力させていただきますわ！」

「私は原稿の追い込みもあるし、直接は手伝えないけれど……お金や材料のことなら、いくらでも力を貸すわね」

頼もしく頷きながら、王淑妃も言う。

「ありがとうございます、楊太儀様、王淑妃様。とても心強いです」

妃全員と最上位の嬪が賛同したことで、他の嬪たちも声をあげやすくなったようだ。

「わ、私もお手伝いします！」

どぎまぎした様子ながら、満修容が手を挙げてくれた。

「たっ……大したお手伝いは、なんにもできないと思いますが」

「いいえ、とんでもない。お心遣いに感謝します！」

心からの喜びを伝えると、満修容は頬を薔薇色《ばらいろ》にして口元を覆った。場の空気は、さらに変わっていく。ざわざわと戸惑いが広がっている中で、次に手を挙げたのは、とても意外な人物だった。

白充媛が、ちらちらと周囲を気にしながらではあっても、きっぱりと言う。

「私も、董貴妃様にご協力させてください」

「白充媛様！　あ、ありがとうございます！」

恥ずかしそうに、彼女は頭《かぶり》を振った。

「以前の私は、窮地にあるあなたを見捨てました。にもかかわらず、あなたは私の命を救ってくださった……恩返しは当然です」

かつて英鈴を解雇したこと、そして安眠茶の毒から救われたこと――それを、白充媛はずっと気にかけていたのだ。

（そんなの、関係ないのに。でも充媛様に助けていただけるなんて、すごく嬉《うれ》しい）

最初に英鈴の薬茶を認め、褒めてくれたのは、他でもない白充媛だ。

彼女がいてくれなければ、そもそも後宮で薬に関わる機会すらなかったかもしれない。

「まあ、何やら楽しそうにしておられますね」

そこで耳に届いたのは、柔らかく温かい、しかし鋭さを含んだ一言。黄淑容である。

急いでそちらを見やれば、彼女はまたあの柔和な笑みを取り戻していた。

「では私も、ぜひ董貴妃様にご協力いたします。あなたが私たちの上に立つ者として何をなさるのか、私も拝見したいものですから」

それに、と黄淑容の視線が横、つまりは徐順儀のほうへと逸《そ》れる。

「有り余る富を分けたところで、得られるのは仮初の名声。身を切った無償の慈悲を民に施してこそ、宝玉のごとく永久に朽ちぬ名を手に入れられるものですよ。徐順儀様」

「ぐうっ！」

先ほどから何事も言えずにいた徐順儀は、黄淑容の言葉に歯噛《はが》みするばかりだ。

（……やっぱり黄淑容様って怖い）

思わず戦慄してしまうものの、それはさておき。

「じゃあ、私もお手伝いいたします！」

「私も！」

徐順儀が黙ってしまったことで、様子見をしていた嬪たちも、一気にこちらの味方になってくれた。気づけばほとんどの嬪が、物資や人材の面で協力してくれることになったのである。

後宮の妃嬪《ひひん》たちが、誰かを失墜させるためではなく、一つの目的のために団結する。

自分の代で後宮を変える――その下拵《したごしら》えが、今ここに完成したというわけだ。

（でも、まだまだ！）

英鈴は、ぐっと拳を握った。
（大切なのは、ここからだもの。気合を入れなくては！）
龍恵祭までは、あと八日。
民を喜ばせ、自然に浸透していくような不苦の良薬を準備しなくてはならない。

第三章　英鈴、手薬煉《てぐすね》を引くこと

「こちらが、私からの寄付です」

白充媛《はくじゅうえん》が差し出してくれたのは、新鮮な文旦《ぶんたん》が入った籠だ。

枳殻汽水《きこくきすい》を大量に作るには、それだけ多くの柑橘類《かんきつるい》が必要となる。そして下賜の品がそうだったように、白充媛の出身地は、果実の名産地なのだ。

「ここにお持ちしたのは、籠に入るだけの分ですが……いつでも必要な量をお取り寄せいただけるように、準備してございます」

「助かります、白充媛様！」

素直な気持ちで、英鈴《えいりん》は深く頭《こうべ》を垂れた。

「これだけ新鮮な品があれば、きっと多くの人たちに喜んでもらえるはずです」

「ええ、私もそう願っています」

白充媛ははにかむように言って、それから、ふと視線を伏せて続ける。

「……あの初夏の日に宮女だったあなたが、まさか、貴妃《きひ》様になられるとは。あなたの志を見抜けもせず、苦難の時に庇《かば》いもせず、ただ怯《おび》えていただけの私を……どうか、お許しください」

「そんな！　とんでもないことです」

改めて、英鈴はきっぱりと応える。

「充媛様がいてくださったから、今の私があるんです。昨日も協力すると仰《おっしゃ》ってくださって、本当に嬉しかったんですよ」

瞬間、白充媛はひどく驚いたような表情を浮かべた。けれどそれはすぐに、柔らかな笑みに変わる。胸のつかえが取れたといった面持ちの彼女に、こちらもまた笑いかけた。

——想《おも》いを伝えられてよかった。

そう考える英鈴の耳に届くのは、朝の陽光の中を飛び交う小鳥たちの歌声である。

お披露目会の翌朝。いよいよ今日から、龍恵祭《りゅうけいさい》の準備が本格化する。

旺華国《おうかこく》の民に、不苦の良薬を知ってもらうための服用法の候補は、枳殻汽水の他にも、既にある程度は考えてある。しかしその検討の前に、来客に会わなければならない。

その一人目が、白充媛だった。ようやく真の意味で和解できた彼女は、何度も頭を垂れてから自室に戻っていく。

そして、二人目は――

「失礼いたします」

　低くよく通る声と共に現れたのは、長身で、顔に斜めの古傷がある宦官《かんがん》だった。

「冬弓《とうきゅう》殿、お久しぶりです」

　後宮に入った暁青《ぎょうせい》に仕え、今も彼女の補佐として務めている人物、司馬《しば》冬弓。

　彼は最後に会った時と変わらず、威圧感溢《あふ》れる雰囲気を漂わせていた。けれども、一礼の後にこちらを見る双眸《そうぼう》は真摯なものである。

「臣こそ、たいへんご無沙汰しております。過日は格別のご高配を賜り、重ねて感謝申し上げます」

　堅苦しくも礼儀正しく告げると、彼は漆塗りの大きな箱を丁寧に差し出してきた。

「早速ではございますが、こちらをどうぞお納めください」

「えっ、あ、ありがとうございます……？」

　とりあえず受け取ってみれば、箱はそれなりに重たい。

「我が主《あるじ》・丁《てい》暁青より、董《とう》貴妃様への贈り物です」

　かつての徳妃《とくひ》であり、金枝国《きんしこく》の人質であった暁青。彼女から贈られたのは――箱を開けてみれば、真っ白な毛がふかふかの羊の皮だった。

「わっ、すごい……！　これは、金枝国のものですか？」

「さようでございます」

また頭を垂れ、それから冬弓は語る。

「お蔭様《かげさま》で丁暁青は悪阻《つわり》も落ち着き、今は健やかに暮らしております。医者の見立てでは、夏ごろには無事に出産を迎えられるだろうと」

「そうでしたか！　それはよかった」

話を聞いて、自分のことのように嬉しくなる。

合わせるように、冬弓の表情もわずかに柔らかくなった。

「これもすべて、董貴妃様がお心を砕いてくださったからこそです。皇帝陛下の新しき御《み》世《よ》が始まった今、お祝いと共に改めてお礼申し上げたく、お時間を頂戴した次第です」

「そんな、ご丁寧に恐れ入ります」

（わざわざ贈り物をいただくなんて。むしろ私のほうが、暁青様とのことで、いろいろと学べたくらいなのに……）

この羊皮は、ありがたく使わせてもらうとしよう。

英鈴が礼を述べると、冬弓はこれから報告のために陛下に会う予定があるとのことで、早々に退出していった。

閉まった扉を眺めながら、暁青が後宮にいた頃、悩んでいた時をふと思い出す。

(立后の儀が終わったら、陛下のお渡りも始まる。暁青様がいらした時のように私の勘違いじゃなく、本当に。だけど……もう、あんなに苦しんだりしない)

嫉妬の念を覚える時は来るかもしれないけれど、自分のありかたに迷いはしないだろう。

ふっと肩の力を抜いてから、英鈴は傍らの雪花《せっか》を見やった。

「それじゃあ雪花、悪いけれど……あれっ、どうしたの？」

「え？」

箱ごと贈り物を渡そうと思って見れば、雪花は鼻をぐすっと鳴らしていた。けれど本人は、きょとんとした顔でこちらを見ている。

「もしかして、風邪？　だったら、休んでいてね。薬が必要なら……」

「ううん、全然大丈夫だよ！」

途端に笑顔になって、雪花は応えた。

「ちょっと洟《はな》が出そうになっただけ。ついさっきまで、外の掃除をしていたからかも」

「そうなの？　ならいいけれど」

箱を託すと、雪花は念のため虫干ししてくると言って、部屋を出て行った。

(大丈夫かな。無理してないかしら)

今まで雪花にはたくさん無理に付き合ってもらったぶん、心配になってしまう。

だがちょうどその時、扉の向こうから呼ばわる声が聞こえてきた。

「恐れ入ります、董貴妃様」

宮女たちに扉を開けてもらうと、そこに佇《たたず》むのは凪《な》いだ湖面のごとく穏やかな容貌の宦官・燕志《えんし》だった。

「どうなさいましたか？　あの、もしかして陛下が……？」

「いいえ、本日は別件でございます」

恭しくそう告げてから、彼は禁城にある応接室へと英鈴を誘う。言葉通り、そこで待っていたのは朱心《しゅしん》ではなく──

「いやいやいや、お久しゅうございます、董貴妃様！」

「あっ……！」

思わずあげそうになった声を慌てて抑え込み、英鈴は相手同様にお辞儀をした。

「こちらこそお久しぶりです、貞鳩《ていきゅう》殿」

そう、相手は金枝国の通問使《つうもんし》・明《めい》貞鳩だ。眼鏡の奥の右目を細め、以前と同じく、熟練の商人もかくやというほど人好きのする笑みを浮かべている。

彼はぺらぺらと挨拶を口にした。

「私のごとき末端の者の名をご記憶に留めてくださるとは、なんとお優しい。その後の偉大なるご活躍の数々、風に乗り金枝国にまで届いております。董貴妃様はますますお美しく、そして御名を高めていらっしゃる！」

「え、あ、いいえ……それほどでも」

相変わらず、立て板に水といった調子の褒め言葉だ。

彼は一体なぜ、わざわざ禁城まで——と思ったのも束《つか》の間《ま》、すかさず説明が入った。貞鳩は金枝国の代表として、新皇帝を寿《ことほ》ぐ表敬訪問のためにやって来たのだという。

「それに加え、董貴妃様への先日のお礼としまして、こちらをお持ちいたしました」

貞鳩が取り出したのは、手のひらほどの小さな麻袋が三つ。かなり軽い。

（でも、とてもいい香りがするような……？）

「どうぞ、ぜひお確かめくださいませ」

促されるままに袋の口を緩めて中を覗《のぞ》いてみると——

「こっ、これはっ！」

思わぬ出来事にたまらず声を弾ませて、英鈴は言う。

「丁子《チョウジ》、茴香《ウイキョウ》……あっ、こちらは山椒《サンショウ》！　しかも、こんなに上質なものを！」

「さすが董貴妃様、ご明察でございます」

揉《も》み手《で》しながら、貞鳩は語った。

「お蔭様で民を覆っていた苦渇病《くかつびょう》も消え去り、北との争いも一段落いたしました。犠牲はありつつも平穏を取り戻した我が国は西側諸国との通商の拡大に成功しまして、こちらはその成果の、ほんのわずかな一部でございます」

この麻袋に入っているのと同じ良質な品を、大きな箱に入るだけ詰めたものを贈ってくれるという話らしい。

「董貴妃様におかれましては、宝玉や織物《おりもの》より、こちらの品のほうがお喜びになるかと」

「あ、ありがとうございます……！　病気も戦争も終わったのなら、何よりです」

視線は袋の中身に注いだままで応える──失礼だとは思うけれど、目が離せない。

香辛料は、西側諸国がその本場だ。山椒は調味料として有名であり、丁子や茴香は独特な芳香が、料理の香りづけなどに使われることで知られている。しかし実は、これらはすべて立派な薬。旺華国の薬学においても、薬の材料として配合される例は数多くある。

そして、なんとも都合のいいことに──

(今回の不苦の良薬は、山椒も丁子も茴香も使う予定なのよね)

自分の考えを覗かれたのではないかとすら思うほどに、これは絶好の機会といえる。

胸をどきどきさせながら、恐る恐る貞鳩に聞いてみる。

「あの、厚かましいようですが、いかほどの量をお譲りいただけるのでしょう」

「はい、ざっとこの程度でございます」

貞鳩が示した数は、普段であれば充分な量だった。けれど龍恵祭で振舞う服用法のためには、もっと欲しいところだ。

（お父様も、前に言っていた。こういう時は、思い切って要求をはっきり伝えるのが一流の商売人だって！）

「では、貞鳩殿。もしよろしければ、これだけの量をこの金額でお譲りいただけませんか？　良質な品ですし、近々たくさん使いたいと思っていてですね」

大めに買うから、そのぶん纏《まと》めて安くしてほしいと、英鈴は貞鳩に伝えた。こちらが指で示した数をほうほうと頷《うなず》いて見つめた貞鳩は、やがてにっこりと笑ってみせた。

「董貴妃様は商売上手でいらっしゃる。それでしたら喜んで、お引き受けいたします」

「それはありがたいです！　よろしくお願いします」

「いえいえ、これもまた両国の繁栄のためなれば。んふふふふ」

「うふふふ」

いけない、つい釣られてしまった。

こうして英鈴は、無事に面会の仕事を終えた。客人との実りあるやり取りの後、英鈴はすぐに後宮の一室に向かう。これから執り行うのは、重要な会議である。

つまりは大規模な金銭的支援者であり、助言者ともなった三人の妃嬪《ひひん》——呂賢妃《りょけんひ》、楊太儀《ようたいぎ》、黄淑容《こうしゅくよう》に、祭で配る不苦の良薬の案を評価してもらうための会合だった。

(ある意味、お客様と会うより緊張しているかも)

とはいえ、ここからが肝要だ——祭の成功のためのみならず、英鈴が皇后と薬師の双方の道を歩んでいくためにも。

(陛下だけでなく、妃嬪の方々の理解も得ていなくては、とても皇后と薬師の両立なんてできない。不苦の良薬がどういう目的で、どうやって作られているのか理解してもらって……私の薬師としての技量がどれほどのものか、判断していただかないと)

英鈴が不苦の良薬なるものを作り、それで事件を解決してきたと知っていたとしても、実際にそれがどういう代物なのかは、正確に理解できていない嬪《ひん》もいるかもしれない。そうした人たちには、まず市井の人々に先んじて、不苦の良薬を知ってもらう必要がある。

一方で、もしこちらの薬師としての技量が中途半端だと判断されれば、「手慰みに薬師の真似事《まねごと》をするなど、後宮の頂点に立つ者のやることではない」と反対されてしまうだろう。

　だから英鈴にとって重要なのは、協力してくれる妃嬪たち全員が納得し、満足できるような品を作ることだ。そのために、まずは代表者たる三人に認めてもらわなくては。

（この国の未来、私自身の未来のためにも、絶対にいい服用法を作ってみせなきゃ！）

　厨《くりや》を借りて事前に作っておいた不苦の良薬を自ら携えて、英鈴は廊下を行くのだった。

＊＊＊

　窓から陽光が燦燦《さんさん》と降り注ぐ明るく広い部屋に、今、四人の妃嬪が集まっていた。胡桃《くるみ》材が使われた重厚な印象のある卓を挟んで、英鈴と呂賢妃たちは対峙《たいじ》している。

「お忙しい中、本日はありがとうございます。皆様の昼餉《ひるげ》の代わりとして、今日は……」

「能書きはいい」

　呂賢妃が席についたまま、淡々と告げる。

「早く服用法とやらを見せて」

「えっ、あ、すみません」

「まあ、呂賢妃様は興味津々でいらっしゃいますね」

謝る英鈴を慰めるように、口元に手を当てて、黄淑容はくすくすと笑った。

「確かに董貴妃様がお持ちになった鍋から、とてもよい香りが漂っています。呂賢妃様が空腹を覚えられるのも、致し方ないかと」

「誰も、空腹だなんて言っていない」

視線だけを隣の黄淑容に向けて、呂賢妃が不愉快そうに応えた。

（あっ、マズいかも）

思っている間に、黄淑容がなおもにこにこと語る。

「あら、そうでしたか。私としたことが、申し訳ありません。てっきりお腹《なか》が空いて機嫌を損ねておいでなのかと。今日は、お世話係の宮女の方々もお連れでないようですし」

「月倫《げつりん》たちはこの場に関係ないし、話が拗《こじ》れそうだから置いてきただけ」

抑揚なく、呂賢妃はそう告げて――実際のところ、その判断はありがたいのだが――くだらないと言いたげに、目を閉じる。

「私も、うっかりしていた。月倫たちがいなくても、話を拗らせる人はいたのね。それに、自分の位階を忘れるような人間も。この場で一番立場が下のくせに、いつまで徳妃気取りなのかしら」

「まあ、面白い」

黄淑容の笑顔は変わらない。

「位階の代わりに品位を失っては、足を掬《すく》われますよ。どなたのこととは申しませんが」

「自業自得で足を掬われた人間の言葉は重みが違うわね。誰のこととは言わないけれど」

葉擦れのようだがきっぱりと、呂賢妃は告げてそっぽを向いた。

（うわぁ、すごい会話）

聞いているこちらは気が気でない。

（このお二人、お家《うち》同士の仲が悪いとかいう以前に、元々性格が合わないんじゃ……）

視界の端に、居心地が悪そうにしている楊太儀が見える。

――怯《ひる》んでいるわけにはいかない。空気を変えなければ！

「で、ではさっそくですが！」

思っていたよりも大きな声が出て、黄淑容たちがびくりと肩を揺らすほどだった。

「龍恵祭での配布を考えている不苦の良薬のうち、枳殻汽水以外のものをお見せしますね」

言葉に合わせて、平鍋の蓋を開ける。漂う湯気と共に現れたその中身に、三人の妃嬪はわずかに身を乗り出している。

「董貴妃様、こ、これは」

楊太儀が、そっと口を開く。

「麻婆豆腐《マーボードウフ》、ですの？　それにしては、ずいぶん黄色がかっているような」

「ええ、仰《おっしゃ》る通りです」

少し胸を張り、三人に説明する。

「これは名付けて『鬱金麻婆《ウコンマーボー》』。胃腸の不調対策に特化した不苦の良薬です」

「……これが胃腸の薬？」

「はい、そうです」

呂賢妃の疑問に頷いてから、さらに続けて語る。

「昨日お話ししたような、食べ過ぎ・飲み過ぎで苦しんでいる人たち……それに食欲がわかない人や、そもそも胃腸が弱ってしまっている人たちにも対応できる薬をと思って、作ってまいりました」

実のところ、これは昨日今日で開発した服用法ではない。

以前、朱心にちょっとした胃の不調があった時に、新しく提供できるのではないかと発案した不苦の良薬の中の一つなのだ。その時はより朱心の好みに合った甘い味のする服用法を別に思いついたため、使わずにいたのだが――

（今回は、ぴったりの機会のはず！）

確信と共に、英鈴は説明を始める。

「この麻婆豆腐が黄色いのは、鬱金《ウコン》が入っているためです。鬱金は鮮やかな黄色で知られ、香辛料や染料として使われていますが、実は薬としても用いられます」

鬱金には気や血の巡りをよくする効能があり、また胆汁の分泌を促進して、二日酔いの胸のむかつきを軽減する作用があるとされている。

「地域によっては酔い覚ましのために、煎じた鬱金をお茶として飲む場合もあるそうです。ともかく鬱金を主軸として、この鬱金麻婆には肉の代わりに、胃腸の働きをよくする草木がたくさん入っています」

例えば『嘔吐《おうと》の聖薬』といわれるほど、吐き気を和らげる効能のある生姜《しょうきょう》。

また貞鳩から提供された山椒《サンショウ》、丁子《チョウジ》、茴香《ウイキョウ》は、身体《からだ》の中を自然に温める『温裏薬《おんりやく》』として、胃腸の調子を整える効能を持つ。

さらに豆腐は、元々消化によい食べ物として知られているが、それ自体にも消化機能を改善し、身体に水を巡らせ、潤す効能があるとされている。

「麻婆豆腐という形であれば、匙《さじ》一つで服用できますし、何より美味《おい》しく食べられます。薬効もごく穏やかなものですから、健康な人が食べても問題はありません。辛みの素となる蕃椒《ばんしょう》も少なめなので、辛《から》さが苦手な人でも大丈夫なはずです」

語りながら、英鈴は持参した皿に薬をよそい、妃嬪たちに配った。

彼女らの目の前で、鬱金麻婆が湯気をあげている。丁寧に下茹《したゆ》でされた豆腐にはとろみのある黄色い汁が絡まり、香辛料のよい香りが、否《いや》が応《おう》でも食欲を刺激する。呂賢妃たちはまだ何も言わないが、各々の表情を見る限り、どうやらここまでは好評のようだ。

「さあ、どうぞ」

最初に動いたのは、楊太儀だった。豆腐を匙で掬って口に運んだ彼女は、しばらくして、ぱっと目を輝かせる。

「これは……！　とても美味しいですわ、董貴妃様。ほのかな辛みのお蔭《かげ》で自然と食が進みますし、香辛料のせいか、お肉がなくてもコクがあって」

「本当ですか⁉　よかった……！」

英鈴がほっと息を漏らすと、静かに一口食べた黄淑容が、穏やかに言う。

「薬とは思えないほど、美味なる料理かと。香り高く格調がありますし、身体が自然と温まりますね」

「……」

呂賢妃は何も語らない。けれど、何口も食べているところから見て、気に入ってもらえたのだろう。

「ありがとうございます、皆様！」

自然と声が弾んでしまう。ここにいる皆に不苦の良薬を試してもらうのは、決して初めてではない。それでもこんなに嬉《うれ》しい気持ちになるのは、この三人が、最初は敵対していた人たちばかりだからだろうか。

だがそこで、匙を置いた呂賢妃が、こちらをひたと見つめて言った。

「で、これだけ？」

「えっ？」

戸惑った声を発したのは、英鈴ではない。楊太儀だ。一方で、呂賢妃は冷静に語った。

「不苦の良薬と言うけれど、これでは見た目からして単なる料理でしょう。屋台で料理を配るだけなんて、何も珍しくない。薬だと思ってもらえない……とは考えなかったの？」

英鈴は無言のまま、内心で頷《うなず》いた。

彼女の指摘はもっともだ。枳殻汽水も鬱金麻婆も、一見したところでは単なる飲み物と食べ物。それを配っただけでは、一般の飲食露店と何も代わり映えしない。つまりそれが不苦の良薬だとわかってもらえないならば、いくら配ったところで無駄なのでは——と、呂賢妃は指摘しているのだ。

楊太儀と黄淑容が、窺《うかが》うような視線でこちらを見つめる。しかし、英鈴は言った。

「もちろん、これだけではありません！」

むしろ胸を張って出したのは——そう、これこそが本題なのだ——皿に載せた、四角い塊。手のひらほどの大きさの、黄色い煉瓦《れんが》のような固形物だ。

「なんです、これは？」

「はい。これこそが、鬱金麻婆の真の姿です」

黄淑容に対して、堂々と答える。

「これは、先ほどお召し上がりいただいた鬱金麻婆の汁を固めたものです。正確には、汁を充分に煮詰めて水分を飛ばした後、米粉を使って四角く成型したものになります」

暁青の歓迎会の時、楊太儀と呂賢妃は『団茶』と呼ばれる、お茶を米粉で固形物にしたものを提供していた。団茶は、いわゆる普通の茶である散茶と違って、保存性に優れるという特徴がある。

(それを思い出して、昨日のうちに鬱金麻婆を改良したのよね)

呂賢妃が言っていた通り、単に料理を配るだけというのでは、普通の露店だと間違われてしまう。そうではなく、提供しているのは紛れもなく薬だと主張するにはどうすればよいか——と考えて作り上げたのが、この形だ。

「料理を試してくださったお客さんに、この固形になった鬱金麻婆を紹介するんです。そして、これはただの料理ではなく健康によい薬で、気に入ったらいつでもあなたの家で作れるものなんですよ、とお教えするのはどうかと考えました」

例えば、病気というほどでもないが食欲がない時。お酒で調子に乗ってしまった後。お腹が冷えて胃腸の調子が悪い時などには、この鬱金麻婆をさっと服用すればよい──と、一般の人たちには説明する。

一方でもし来たのが薬師であるなら、鬱金麻婆を作るための処方箋を渡す。そうすれば、処方の工夫や不苦の良薬の概念を理解して、興味を持ってもらうきっかけになるはずだ。

「この固形の状態でなら、理論上、半月は保存できます。使う時は鍋にこれを入れ、水と豆腐を加えれば、いつでも鬱金麻婆を服用できる、というわけです。どうでしょう⁉ 食べやすく、家に置いておきやすく、作りやすい。なかなかの良案かと思うのですが」

そう言って、英鈴は相手がたの反応を待った。三人の妃嬪《ひひん》たちは、しばし黙っている。

だがややあってから、最初に口を開いたのは呂賢妃だった。

「地味」

「え」

ぼそっ、と漏らすように零《こぼ》れた一言だけに、ぐさりと心に突き刺さる。

すると楊太儀もまた、どこかすまなそうにしながらも口を開いた。

「董貴妃様。恐れながら、その……わたくしは、どうやって使えばいいのかがよくわかりませんわ。料理に不慣れなのが悪いとは思うのですけれど」

「うっ、な、なるほど。では、もっと簡単に服用できるようにすべきでしょうか」

「ええ、そうでしょうねぇ」

黄淑容が、頬に手を当てて考えるようにしながら、さらに言う。

「それに、なんというか。なかなかの良案と仰せのわりには、見た目に拘《こだわ》らない素朴さばかりが目立っていますね。この薬は」

「うぐっ！」

にっこりとした顔から放たれる容赦のない言葉が、またも深く心に突き刺さった。

「思ったことを忌憚《きたん》なく申し上げただけですので。あまりお気になさらないでください」

「は、はい……」

――三人の意見はそれぞれに納得できるし、正しい。

確かにこの鬱金麻婆は、料理としての完成度は高い。けれど、真に誰もが苦しまず、苦くなく飲める薬だとして出すためには、まだ改良の余地がある。

利便性と外見――その中でも、まずは利便性を追求するべきだろうか。

（忙しい時でも簡単に服用できるくらいでなければ、本当の意味で『不苦』にならないも

の。料理があまり得意じゃない人でも……そう、例えば火を使わなくても、もっと簡単に服用できる状態にできないかな）

考えてみる必要があるだろう。

「わかりました。次にお会いする時は、より改良したものをお見せします」

こうして、最初の会合が終了したのだった。

＊＊＊

「た、ただいま」

「おかえりなさい、英鈴！」

部屋に戻ると、他の宮女たちと共に雪花が出迎えてくれた。——まだ鼻がちょっと赤いようだけれど、大丈夫だろうか。

しかし声をかけるよりも先に、状況を察した雪花が眉根を寄せて問いかけてくる。

「もしかして、ダメだったの？」

「え、ええ」

苦笑しながら、英鈴は答える。

「その、完全にダメではなかったんだけれど。ただ、もっと服用法がわかりやすいほうがいいっていう意見と……あと、地味でぱっとしないという意見もいただいたかな」

「わかりやすく、かあ」

あれでも充分わかりやすいと思うけど、と言いつつ、雪花は同僚たちと顔を見合わせている。英鈴は、宮女たちに尋ねてみることにした。

「ええと、みんなはどう思う？ 鬱金麻婆をもっと服用しやすくする方法とか、気づいたことがあったら教えてくれると嬉しいんだけれど」

「う〜ん、あたしたちは専門家じゃないからなぁ」

腕組みして天井を見上げた雪花は、やがて、「あ」と短く言った。

「あたしたちみたいに、朝起きてすぐに急いでご飯を食べないといけない人でも大丈夫！ みたいな感じにしてみるのはどうかな。例えばすぐに齧《かじ》って食べられるとか、ちょっと茹《ゆ》でるだけで大丈夫とか」

「ああ、なるほど！」

合わせた両手が軽く音を立てた。

「そうね、そういう方向を目指してみる。それならきっと、今よりもっと簡単で手早く服用できるようになるはずだもの」

もちろん具体的な方法は、これから考えないといけない。でも、まずは一歩前進だ。

こちらが内心で気合を入れていると、雪花がさらに口を開く。

「そういえばね、英鈴。今、みんなで相談していたんだけれど……」

そっと身を乗り出すようにして、彼女はこちらに問いかける。

「龍恵祭のお店って、店番は誰がすればいいの？」

「え？　…………あっ！」

瞬間、脳天に電撃でも走ったかのような錯覚を受ける。

（か、考えてなかった……！）

配るもののことばかりに気を取られて、誰が配るのかは意識の外だった！

不苦の良薬は、普段なら、英鈴自身が作って自分で提供している。でも当然、妃《きさき》たる英鈴が直接、店先に立つことはできない。妃嬪たちは銀鶴台《ぎんかくだい》で祭の見物はできるが、実際に祭を歩いて回ることはできない決まりになっているのだ。

そしてそれは、雪花たちも同じである。龍恵祭の間も後宮はお休みにはならないわけで、つまり彼女たちには各々の仕事が任されている。それを置いてまで、自分の店を手伝ってくれとは言えない。

（何より、強烈な薬効作用はないとはいえ、薬として配るわけだから……何かあってもい

いように、薬の知識がある人に手伝ってもらわないといけないよね)
そんな都合のいい人物が、果たしているのだろうか。
しばし、英鈴は頭を悩ませた。そして——
(そうだ!)
思い当たるのは、一人だけだった。

＊＊＊

明くる日。

薬に関する話をするという名目で、昨日のうちに英鈴は、禁城の一室の使用申請を(駄目もとのつもりで)出していた。思っていたよりもすんなりと許可が下り——

また手紙で呼び出した相手からも快諾を得て、英鈴は公式に後宮の外、禁城の一室にやって来ていた。

(いきなりの連絡だったし、迷惑をかけてしまったかしら)

でも話をしたいのは事実だし、こういう相談ができる相手も、一人しか思いつかない。

英鈴が椅子についてしばらくして、燕志が開けた扉から現れたのは、眉目秀麗にしてやや小柄な少年――つまりは、曹緑風《そうりょくふう》だった。

「董貴妃様」

後ろに燕志がいるからか、緑風はこちらを一瞥《いちべつ》するなり、拱手《きょうしゅ》して丁寧な礼をした。

「このたびはお招きいただき、感謝申し上げます」

「こちらこそお越しくださりありがとうございます、緑風殿」

英鈴も頭《こうべ》を垂れて応じると、燕志がにこやかに言った。

「では、私めはこれにて。後はお二人で、どうぞご忌憚なくお話しください」

「はい、燕志さん。お手数をおかけしました」

燕志が去り、扉が閉まる。途端に緑風は姿勢を崩した。

「……で、なんの用だ。呼び出しておいてつまらない理由なら、僕はすぐに帰るからな」

「呼び立ててしまってごめんね、緑風くん」

――やっぱり、こちらのほうが話しやすい。

向かいの席に座った彼に、英鈴はかいつまんで現状を説明した。

龍恵祭に不苦の良薬を配る店を出すこと、店に立つ人材が見つからないこと――

「なるほど、事情はある程度わかったが」

話の途中で緑風はふむと唸《うな》り、ちらりとこちらを見て続けた。

「その店で配る不苦の良薬というのは、どういったものなんだ？　民衆に知らしめるために出すのなら、それなりの品なんだろう」

「そうね、まだ改良中ではあるけれど……」

製法について話すだけで、緑風への説明は事足りる。団茶を真似《まね》て塊の形で鬱金麻婆を配るという案を話した時、彼はひときわ興味深そうに目を見開いた。

「ふうん、考えたじゃないか。水分が多いものは腐りやすい。煮て固めれば、確かに保存性は高まるだろう。……しかし、もっと簡単に服用できるようにしたい、だって？」

「そう。料理が苦手だったり忙しかったりしても、簡単に服用できるような方法を探しているの。緑風くんは、心当たりある？」

「店は、お前が出すんだろう。だったら、自分だけで知恵を絞ったらどうなんだ」

ふんと鼻を鳴らしてから、しかし、彼は真面目に考え込むように目を伏せた。

「にわかに思いつくものでもないが……例えば散薬は、湯で飲むのが定石だろう。あれと同じように、湯を沸かす手間だけで服用できたら、それは便利だと言えるんじゃないか」

「お湯？」

「固めた時に飛ばした水分を、湯なら補えるだろう。つまり……そうだな、湯をかけて溶かして食べる、というのはどうだ」

――これは盲点だった。湯をかけるだけで鬱金麻婆が完成するなら、たとえ急いでいようと、料理が苦手だろうと関係ない。

（この前の試作品の塊の大きさだと、お湯をかけるだけでは充分に溶けないから、もっと小さくする必要がある。でもそうすると、簡単に作れる代わりに総量が減ってしまう。となると、お豆腐の他に何か、一緒に食べて美味《おい》しいものを混ぜるとか……？）

英鈴は、顎に手を当てて考えた。ある程度食べ応えがあって、しかもお湯をかけて食べると美味しいもの。かつ、薬となるものには何があるだろうか。

（忙しい時の朝ご飯の代わりになるのがいいよね。なら使うのはお米……お粥《かゆ》……？）

そこまで考えて、はたと顔を上げる。緑風を放《ほ》ったらかしにしてしまっては失礼だ。

「ご、ごめんなさい！　いい案をありがとう。後は自分で考えてみるね」

「当たり前だ。客を前に急に黙り込むなよ、常識以前の問題だろ」

腕組みをしてちょっと顔を顰《しか》めた緑風は、それから、はあと息を吐く。

「まあいいさ。それより、本題に戻ろう。店に立つ人間がいない、とか言っていたが」

「そう！　それでね、もしよかったらなんだけれど」

ちょっと身を乗り出してから、続きを述べた。

「ぜひ、あなたに手伝ってもらえたらって思うの。協力してくれないかしら、緑風くん。

もちろん、きちんとお礼はするから」

「……ふん。自分では無理、宮女たちでも無理だから、僕に頼むって？　後宮には、よっぽどろくな人材がいないようだな」

「だってただ薬を配るというだけじゃなくて、薬に詳しくて、しかも不苦の良薬をよく知っている人じゃないと駄目なんだもの。でないと、万が一の時に対応できないし」

例えば鬱金《ウコン》は大量に摂取した場合、肝に害を与える恐れがある。また、鬱金自体が体質に合わない人もいるだろう。そうした人にまで、鬱金麻婆を服用してもらうわけにはいかない。知識のある人間が、店には必要なのだ。

「その点、緑風くんならばっちりでしょう。もちろん、勝手なお願いなのはわかっている。緑風くんだって、龍恵祭を自由に楽しみたいだろうし」

「別に」

と、なぜかちょっとこちらから視線を逸《そ》らしながら彼は言う。

「元々、浮かれ騒ぐだけの祭になんて興味なかったしな。書を読んで暇を潰すくらいなら、手伝うのもやぶさかではないというか……頼られるのも別に嫌ではないというか」

「えっ、なあに？」

聞き取れなくて、そのまま問い直す。

「頼られると嫌って言ったの？　そうよね、ごめんなさい。なら、他の人に」

「違う！」

眉を吊《つ》り上げて、彼はきっぱりと告げる。

「手伝ってやるって言ったんだ。二度も言わせるなよ、恥ずかしい」

「そうなの？　よかった！　じゃあお願いするね、緑風くん。本当にありがとう」

英鈴が礼を告げても、緑風はただ無言で頬を掻《か》くばかりだった。

そんな彼を、にこやかに眺めた後――はたと思い出す。

（あ！　そうだ、あとこれも頼まないといけないんだった）

ついでに、とばかりに言うのは申し訳ないけれど、仕方ない。思い切って切り出した。

「そう、あの、ええと……あと一つ、お願いしたいんだけれど」

「なんだ？」

訝《いぶか》しげにする彼を前に、誰もいないとわかっていながら周囲に視線を巡らせ、そっと手を添えて頼みごとを口にした。刹那、緑風の顔が見たこともないくらい真っ赤になる。

「なっ……ななな、なんだと!?　董貴妃っ、お前、ふざけているのか!?」

「ふざけてなんていないって！　突拍子もないお願いなのは認めるけれど」

こちらとしては、まったく真面目な要望だ。つい目つきを鋭くして、英鈴は続ける。

「大事なのは、祭が終わった後なの。後で『この店は後宮の妃嬪《ひひん》が出していた』と明かすことで、街の人たちに、女性でも薬に関われるってわかってもらうつもりなんだけれど」

その時に、店に立っていたのが緑風だったなら、「最初から男子が入れ知恵していた」とあらぬ誤解を受けるかもしれない。それを避けるためには——

「売り子も『女性』である必要があるの。そういうわけでお願い、緑風くん。もう一度だけ、翠玉《すいぎょく》になってくれないかしら」

要するに、女装である。

「何をっ、馬鹿な……！　あれは後宮に踏み入るための非常手段だ、僕だってしたくてやっていたわけじゃないんだぞ！」

「うう、そうね」

フリではなく本気で、英鈴はしゅんと俯《うつむ》いた。

「ごめんなさい、調子に乗ってしまって。いくらなんでもこんなお願い、聞けというのが無理な話だもの。できなくて当たり前よね」

「……」

真っ赤な顔のまま、緑風はしばし口を閉ざす。だが次第にその口元は何事か言いたげにもごもごとしはじめ、視線は宙を彷徨《さまよ》いだした。

「……別に無理とは……」

「えっ？」

「誰が無理だなんて言った！」

驚くこちらを置いていきなり立ち上がった緑風は、拳を胸に当てると言い放つ。

「いずれ陛下の専属薬師になるこの曹緑風が、たかだか店番くらいできないとでも思ったか。いいとも、そこまで言うなら翠玉にだってなんだってなってやるさ！」

「本当に!?」

「二言はない」

胸を張る緑風に、英鈴は能《あた》う限りの称賛と感謝を述べた。

「あっ。でも、ひょっとして『無理』とか『できない』とか言われてムキになってしまったってことはない？　それなら、やっぱり無理には……」

「しつこいな、いいって言っただろ！」

いよいよ目つきを鋭くしながら、緑風はどっかと椅子に戻った。それから、改まった様子になって告げる。

「それはそうと、気になることがある」

「え？」

「僕が翠玉になって店番をするのはいい。だがそれならそれで、店の構造はちゃんと考えておくことだな」

構造――？　と思わずきょとんとしてしまうこちらに、言い含めるように緑風は語る。

「お前の話しぶりからして、店番をするのは僕一人なんだろう。いくら鬱金麻婆が手軽に作れるものになっていたとしても、客に料理を提供する手間まで簡略化されるわけじゃない。例えば客が食べ終えた皿は、どうやって回収するんだ？」

「それは……！」

言われて言葉に詰まり、はっとする。そこまで考え切れていなかったからだ。

「確かにそうね。店は狭いし、そもそも人手もない以上、普通の食堂のようにはいかない。何か手立てを考えなきゃ」

「鬱金麻婆の服用法より、そちらのほうが大変かもな」

鼻を鳴らして、緑風は腕組みした。

「期日までにちゃんと考えておいてくれよ。いくら僕でも、腕は二本しかないんだからな」

「そうよね、ごめんなさい。いろいろ指摘してくれて、ありがとう」

――これは困ったことになった。龍恵祭の店に立つ人材が得られたのはいいものの、問題は増えていくばかりだ。

（お店を出すのって、一筋縄ではいかないのね……）

そんな当たり前の事実にようやく気づかされたような気持ちになって、英鈴は内心、焦りを覚えた。

しかし救いの手は、時として、意外なところから差し伸べられる。

「おかえり、英鈴！　帰ってきてすぐだけど、お手紙だよ」

雪花から渡されたのは、一通の文。差出人は、満修容《まんしゅうよう》だった。

龍恵祭の件で、会ってお話ししたいことがある――と短く述べられた内容からは、真意を窺《うかが》うことはできない。

（なんのご用事かしら？　もしかして、やっぱり協力できないっていうお話だったりして）

問題が次々と明らかになっていく現状で、ついそんな悲観的な考えが頭を過《よ》ぎる。

ともあれ、会わないことには何もわからない。さっそく日中の時間を使って、英鈴の自室で面会すると、真っ赤に頬を染めた満修容が見せてくれたのは――

「これは……店の図面、ですか？」

「はい」

満修容は、こくりと頷《うなず》いて語った。

「あの、ええと。貴妃様が不苦の良薬として料理のようなものを提供されると、嬪《ひん》たちの間の噂《うわさ》で耳にしたのです。それで……実は私の実家は、料理店を営んでいて」

「えっ、そうなんですか⁉ すごい」

「いえっ、そんなにすごい店ではないんです」

俯きながら彼女は語る。

「本当に狭くて小さな料理店で、私が後宮に入れたのは、母が、地方の貴族の血を引いていたからで。ともかくそれで、思ったんです」

僅かに面を上げた後、唇をきゅっと結んでから、満修容は言った。

「出店である以上、今回のお店も、それほど大きくはならないはず。それなら、従業員もそんなに多くは立てないだろうから……うちのお店のように、食べ終えた食器はお客さんに戻してもらえるように、店の動線を考えればいいんじゃないかって」

「なるほど……！」

表情を明るくしたのは、英鈴のほうだ。勢い余って満修容の手を取りつつ告げる。

「そっか、食器は自分で戻してもらえるようにすれば、人手が少なくてもなんとかなる。

ありがとうございます、満修容様！　今、ちょうどそのことで悩んでいたんです」

「えっ、え？」

なぜだかひどく驚いた様子で、満修容は視線を彷徨わせている。

「ほ、本当ですか……？　わ、私はてっきり、余計なお世話になるかと」

「そんな、とんでもない！　素晴らしい案です」

心の底からそう告げて、英鈴はもう一度図面に目をやった。狭い店内でどこに受付を配置し、どこに食事の場を設け、どのように食器を戻す棚を置いておくかの案が、そこに描かれていた。もちろん実際に出店の面積や立地がどうなるかはまだわからないが、この図面を参考にすれば、きっと居心地のよい、しかも運営のしやすい店になるだろう。

（後は、実際に配る不苦の良薬の問題だけ……！）

そう思うと、なんだか闘志が湧いてくる。英鈴が内心で気合を入れ直していると、「あの」と、満修容からか細い声があがった。——彼女の手を握ったままだ。

「あっ、ご、ごめんなさい！　つい興奮してしまって」

慌てて英鈴が手を離すと、満修容はぶるぶると首を横に振る。

「いいえ！　違うんです、あの、私……感謝しなければと思って」

「えっ？」

ありがたいのはこちらなのに？　と英鈴が訝しむと、恥ずかしそうに、しかしはっきりと、相手は答えた。

「前に申し上げたように、私、実家では女は学問なんてしても無駄だと言われて育ってきました。だから何をするにも、自分は女だからって、どこか諦めるような気持ちがずっとあって……けれど董貴妃様はそんな中で、国そのものを支えようとなさっています」

顔を上げてこちらを見つめる満修容の目が、またきらきらと輝く。

「そんな素晴らしいお仕事に少しでも関われたなら、私も、自分自身をちょっと誇らしく思えるような気がするんです。そして、この後宮にいることも……こんな素敵な人が頂点に立つ場所に自分も加わっているんだって、誇れそうな気がして」

「満修容様……！」

胸にじんわりと喜びが溢《あふ》れてくる。今は満修容の眼差《まなざ》しを、まっすぐ受け止められる気持ちだった。女だから薬師になれない、というだけではなく——女だからと諦めていた人たちに、少しでも希望を与える選択ができているのかもしれない、と思えたから。

(私、やっぱり皇后か薬師か、どちらかなんて選ぶべきじゃない。両方の道を歩くことで、勇気を持ってくれる人がいるんだから！)

その後英鈴は、満修容に丁重に礼を述べた。そしてはにかむようにして彼女が去ってからも、ますます鬱金麻婆の改良に励むのだった。

＊＊＊

冴《さ》え冴えとした月光が降り注いでいる。

ほのかに甘く澄んだ梅の香《か》は、ここ秘薬苑《ひやくえん》をも満たしていた。少し前まで小さな蕾《つぼみ》だった花が、今は満開となっている。

（実が生《な》ったら、未熟なうちにいくつか収穫して、自家製の烏梅《うばい》を作ろうかしら）

亭子《あずまや》にて、筆を執り案を練りながら、ふとそんなふうに考える。

（窯で蒸して、天日干しにして作った烏梅は駆虫薬《くちゅうやく》になるし、漬けて飲めば美味《おい》しいし……そういえば媒染剤《ばいせんざい》になるっていう話がきっかけで、戴龍儀《たいりゅうぎ》の謎が解けたんだったっけ）

とりとめのない事柄を思い浮かべそうになって、はたと視線を目の前の書物に落とす。

（いやいや、今はこっちに集中しないと！）

この書物は、薬に関する事典だ。そして開いている箇所は『粳米《こうべい》』に関する記述。

粳米とは、字の通り玄米を指す。もちろん普段食べるものと変わりないのだが、薬学的には、米には体内の気を補う効能と、胃腸の不調を改善する効能があるとされている。

つまり、米を食べるのもある意味、立派な「薬の服用」なのだ。

(緑風くんからはいい助言を貰《もら》えた。粳米ならお湯をかければ、即席のお粥《かゆ》になる。だから、鬱金麻婆が抱えている問題は解決するはず)

炊いてからしばらく経《た》った米も、湯漬けにすれば美味しく食べられる。

ならば溶けやすいように小形化した鬱金麻婆と、粳米を掛け合わせてはどうか。

そうすれば炊いた米に麻婆豆腐《マーボードウフ》をかけて食べる時のような感覚で、問題なく服用できる薬になるのではないか——そう思ったのである。

(でも問題は、どういうふうに粳米を用意するか)

今、頭を悩ませているのはその点だった。

(もちろん干してしまえば、お米は保存がきくようになる。だけどそれだと、せっかく鬱金麻婆を塊にした意味が薄くなってしまう)

ぱらぱらの米と塊を一緒に保存したければ、袋か何かに入れておかなければならない。

そうすると、保存性はともかく、携帯性はやや悪くなってしまう。せっかく団茶と同じように、保存性と持ち運びやすさを両立させられるようにしていたのに。

(それに干すのには時間もかかるし、手間もかかる。作る時間を考えると、ここでそう

長々と悩んでもいられない……明日はまた呂賢妃様たちに説明する会合があるし、なんとか今晩のうちにいい案を考えないと)

そう思って、夕餉《ゆうげ》の後からずっとこの秘薬苑にいるのだ。

ふと、ほっと息を吐いて、辺りを見渡した。ついこの間までは冷たい空気に満たされていたこの庭も、今ではたくさんの命が芽吹いて、色づいている。

干した果実が生薬として利用される連翹《れんぎょう》や山茱萸《さんしゅゆ》は、揃《そろ》って鮮やかな黄色い花を咲かせている。連翹は消炎剤、山茱萸は気血を補う滋養強壮剤として様々な薬に配合されるが、その花は可憐《かれん》で美しい。

大地を、黄と白の水仙の花が彩っている。葉の部分をニラとすり替えて食べさせることで相手を死に至らしめた例もある恐ろしい花ではあるが、毒はまた薬になり得るもの。鱗《りん》茎《けい》の毒は、消腫薬にもなるのだ。

さらに白木蓮《はくもくれん》の高い梢《こずえ》の先には、鳥がとまっているような、不思議な形の花がいくつも咲いていた。時折風に乗って甘い香りを運ぶこの花弁は、蕾のうちに採取して乾かすと『辛夷《しんい》』という、鼻水・鼻づまりを解消する効果のある薬になる。

(そして……)

白木蓮の梢から地面に視線を下ろした英鈴は、そこで夜闇を弾《はじ》くような眩《まばゆ》い黄と朱色を見つける。あれはなんという花だったか。

（いえ、花じゃない！　あれは……）

「陛下!?」

「ようやく気付いたか」

笑いをこらえるような、それでいて怜悧《れいり》な声。

いつからそこに佇《たたず》んでいたのか、毎度のことながらまったくわからなかった。英鈴が目をぱちくりさせている間に、朱心は静かに亭子の屋根の下へとやって来る。

「主《あるじ》の姿にも気づかず、庭を眺めて呆《ほう》けているとは。よほど研究に難儀しているとみえる」

「も、申し訳ありません。呆けていたわけではないのですが……」

どぎまぎしながら謝ると、朱心はいつもそうするように、クッと声に出して笑った。

相変わらず、意地の悪い態度である。

（お元気そうなのは何よりだけれど、なんでいつもこうなのかしら）

朱心が向かいの席に座る間、頭《こうべ》を垂れて敬意を示してから、はたと気づく。

あまりに突然の来訪だったので、すっかり忘れそうになっていたけれど――大事なことを、まだ当人に話せていない。

（ごまかしたままではいられない。この機を逃さずに、きちんとお伝えしないと！）

ひょっとしたら叱責され、失望されるかもしれない。そんな恐れも、少しだけある。

けれどこれは、他でもない自分が選んだ道だ。

決意を胸に、英鈴は席を立つと、その場でしゃがんで拱手《きょうしゅ》した。

「陛下。恐れながら、お話ししたい儀がございます」

「ほう。予想はつきそうなものだが」

朱心が首を傾《かし》げる動きに合わせて、肩をさらりと黒髪が流れていく。

「自らの口で語らんとする胆力は認めてやろう。許す、申せ」

「はい」

短く頷いてから、努めて冷静に、英鈴は続きを語る。

「龍恵祭にて、私は他の妃嬪《ひひん》たちと共に、不苦の良薬を頒布する店を開こうと思います。勝手ながら、既に準備も進めてございます。陛下、どうかご許可を願いたく存じます」

「ククッ、なんだ。何かと思えばその件か」

朱心の双眸《そうぼう》が、静かにこちらを見据えている。

「龍恵祭に店を出すというのなら、止めはせぬ。どのみち、それが正しい参加の方法だ」

「えっ？」

戸惑う英鈴に対して、机に肘を突き、手で軽く顎を支えて朱心は語った。

「そも龍恵祭とは、民が住まう街の賑《にぎ》わう様を、龍神《りゅうじん》にご照覧いただくためのもの。元来は、後宮に住まう者たちも店を出し、市を潤わせる習わしだったのだ。時が経つごとに形骸化し、妃嬪にとっては、不用品や自慢の品を売りに出すばかりの祭となったがな」

(そ、そうだったんだ)

となると、自分がやろうとしていること――つまり店を出すというのは、朱心の話の通り、言うなれば本来の参加方法なわけだ。

「ゆえに、お前の願いは叶《かな》ったも同然。後は不始末が起きぬよう、せいぜい励むがいい」

「はい！　ありがとうございます」

再び拱手し、深く頭を垂れる。すると朱心はこちらがちょうど顔を上げたその時に、体勢は変えぬまま、すっと目を細めて問うてくる。

「……ところで。店を出すのは、薬童代理を辞す前の最後の一仕事として、か？」

「いいえ」

間髪を容《い》れず、英鈴はきっぱりと否定した。

「祭が終わっても、私は薬童代理を辞す気はございません。……ですが」

朱心の瞳をじっと見つめ返しながら、告げる。

「後宮を去る意思もございません」

「ほう。それはつまり？」

朱心の酷薄な笑みの意味が、今はわからない。──告げれば、呆《あき》れられるかもしれない。怒りを買うかもしれない。そんな恐れが、また首をもたげる。

（でも陛下は私の夢を初めて、笑わずに聞いてくださった方だから。私の背中を、いつも押してくださったのだから……）

だからきっと大丈夫。自らにそう言い聞かせながら、英鈴は続きを述べた。

「此度《こたび》の龍恵祭で、皇后と薬師、どちらもできると証明いたします」

「よくもそんな大言壮語を吐けるものだな？　董貴妃」

朱心の目が、さらに冷たく光る。

「お前はまだ皇后ではなく、薬師として認められた存在でもない。二つの道がいかに険しいか、何も知らぬ身で私に豪語するか」

「仰《おっしゃ》る通りです。しかし私は、一人でも多くの人々を救いたいのです……将来、この国に住まう人々も含めて」

将来、という言葉に、朱心の目からわずかに険が薄れた。

「確かに今、陛下のお力添えもあり、不苦の良薬という概念は徐々に広まりつつあります。

しかし、もっと後の世ではどうでしょう」

以前妃嬪たちに語ったのと同じことを、英鈴は話した。

「『かつて、不苦の良薬というものがあった』という史書の記述が残るばかりでは、私の望みは叶いません。とても欲深いと、我ながら思います。しかし、それが偽りなき本心です。つまり私は、不苦の良薬を」

短く息を吸ってから、続けた。

「私が死んでも遺《のこ》るよう、皆の心に残したいのです」

「……フッ」

ややあって、朱心の唇の端が形よく上向きになる。

「我が代のみならず、後の世の旺華国の民の心をも望むか。これは単なる大言壮語などでは片付かぬ、遠大なる野望といえよう」

聞くだけで胸がどきどきしてきた。俯《うつむ》いて言葉を待っていると、耳に触れたのは――

「いいだろう」

見守るような、寛大な言葉。顔を上げると、朱心はなおも酷薄な笑みを湛《たた》えていた。

けれど、その瞳の色は穏やかだ。

「二つの道を示され、いずれか片方のみを選ぶような従順なる者であれば、そも皇后の候補になどならぬ。私と共に道を往くつもりならば、気概ある者でなければな」

「陛下……！」

共に道を往くと聞いた瞬間、心臓が甘い痛みを伴って跳ね上がった。

まるでそれに応えるように、朱心の笑みが柔らかくなっていく。

「よい、董貴妃。お前が無事に、龍恵祭にて本懐を遂げたならば……その時は、皇后と薬師の道の双方を歩むこと、我が名において許すとしよう」

「あ……」

いろんな感情が、胸の奥から湧き上がってくる。だけど、それを一言で表すのなら――嬉《うれ》しい。それと同時に、なんだか涙まで出てしまいそうだ。

「ありがとうございます、陛下！　粉骨砕身の覚悟で頑張ります！」

「本当に砕けぬようにな。せいぜい養生せよ」

「はい！」

英鈴が拱手すると、それを見た朱心の顔は、また普段と同じ冷たいものに戻っている。

けれどどことなく、満足そうにも見えた。――もしかして。

(私が両方選ぶってことを、陛下は既に予想してらしたとか？)

こちらが本気かどうか、厳しい道を歩く覚悟をしているかどうかを確かめるために、わざとあんな命令を下して、試していたのではないだろうか。そう、いつものように。

「……」

改めて陛下を見つめてみる。朱心もまた、じっとこちらを見据えた。

「なんだ？　私の顔を拝謁することすら、この上ない栄誉であるのを忘れたか」

「いえ、あの、そうではなく」

いくら皇帝陛下とはいえ、どうしてここまで自信満々なことを言えるのだろう——などと少し考えてから、英鈴はそっと問いかけた。

「すべて、わかっておいでだったのですか？」

「さてな」

答えはそっけなく、しかしニヤリと笑いながら、朱心は言った。

（やっぱり！）

またも皇帝の手のひらの上で踊らされてしまっていたようだ。

（何よ、だったら最初からそう言ってくれれば、あんなに悩まずに済んだのに……だいたい私、思い出してみても、ずっと陛下に振り回されっぱなしじゃない）

最初に下された命令、陛下の「裏」の顔を見てしまったあの夜、その後の苦渴病のことも、それから先もずっと。今に至るまで、おおむね陛下の思惑通りに、自分は突っ走ってきてしまったように思う。

（………皇后になれたら、もっと振り回されるのかしら。私、身がもつのかな）

その前にまた、今日も懐に携えている獐牙菜《しょうがさい》の丸薬をぽいっと陛下の口に放り込んだら、少しは思い直してもらえるのだろうか。

ぼんやりとそんなふうに考えていると、にわかに朱心が言う。

「心外な扱いを受けているとでも言いたげだな」

「うっ、いいえ！　滅相もない」

「ならばよい。私のほうこそ」

朱心は椅子の背もたれに身を委ねつつ、涼し気な顔で続けた。

「言わせてもらえば……お前を皇后とするのを皆に認めさせるのに、ずいぶんと骨を折ったのだから」

「えっ！」

聞き逃せない言葉に、英鈴は目を見開く。

「あの、それはつまり……」

「単純な話だ。何代遡っても平民出のお前を、尊崇《そんすう》されるべき皇后の座に就かせるのがどれほどの難行か、容易に想像できるはずだが」

言われてみれば、その通りだ。思わず悄然《しょうぜん》となって、英鈴は考えた。

(そうよね、貴族や名家の出身ならともかく……市井の薬売りの娘を皇后にするだなんて、ともすれば国を揺るがすような大問題になるもの)

後ろ盾がない、というだけでなく、当人に皇后として相応《ふさわ》しい品格がなければ、旺華国全体の品位すら貶《おとし》められかねない。平民である皇后の実家とその他の家の間に、軋轢《あつれき》が生じる恐れもある。そんな懸念がある中で、群臣に対して董貴妃を皇后とするのを認めさせるのは――きっと、とても大変なことだったはずだ。

(私がお傍《そば》にいるために、陛下はたいへんなご苦労をされたのね)

そう思うと、さっきまでの考えはすぐさま頭から吹き飛ぶ。英鈴は改めて膝をつき、深く頭《こうべ》を垂れて、朱心に述べた。

「……感謝申し上げます、陛下。ご迷惑をおかけしたと存じますが、その……私は、ええと、とても嬉しいです」

(嫌だ、何言っているんだろう、私)

もうちょっと礼儀正しくというか、格式のある言葉遣いをすればよかった。そう思うと、頬が熱くなる。けれど、朱心はその点については何も言わず――がたりと、椅子から立つ
「あ……」

音が聞こえてきて――代わりに、静かに告げた。

「構わん。皆のために進んで労苦を負う……私はお前の、そういうところが好きだ」

さらりと、まるで何事でもないかのように放たれた一言。

「えっ⁉」

さらに頬が熱くなる。胸の高鳴りと共に汗が噴き出てきて、まだ春だというのに、夏のように暑くなってきた。

(今、陛下……す、『好き』って、あの、私のことを……？)

「あ、あの！」

問いたくて顔を上げたのに、もう朱心の背は秘薬苑の入り口にまで遠のいている。

相変わらず足が速い。そして足音がない。さらに、考えが読めない。

でもなんとなく、今も陛下はニヤニヤしているんだろうな――とは思った。

(こ、これもまた何か隠された意図があるのかしら。それを私が読めずに、勝手にどきどきしているだけとか……？)

何もわからない。でも今、たぶん真っ赤になっているだろう顔を自分で扇《あお》ぎながら、気がついたことが一つだけある。

(保存性を高めるには、水分を飛ばすこと)

そう、今汗を掻《か》いているように。
（そして水分を飛ばすには、そっか……煮なくったっていいのよね）
陛下のことはわからなくても、服用法の手がかりなら手に入れられた。
それがいいのか悪いのかは別として——否、きっといいことなんだろうけれど。
英鈴はしばしそのまま、梅と白木蓮《はくもくれん》の香《か》が漂う中を佇《たたず》んでいたのだった。

第四章　英鈴、毒変じて薬となること

秘薬苑《ひやくえん》での遭遇の、翌朝。

呂賢妃《りょけんひ》、楊太儀《ようたいぎ》、黄淑容《こうしゅくよう》との会合の席に、英鈴《えいりん》が持ち出したのは——

「……これは、飯糰《ファントアン》……ですの？」

楊太儀の疑問の声に、英鈴は頷《うなず》いた。

飯糰とは、炊いた米に具材を入れて作った、いわゆる『おにぎり』のことだ。

ただし、英鈴が器に入れて彼女たちに見せているものは、真四角に成形されていた。

粳米《こうべい》、つまり玄米を使ったものなので、色は元々茶色がかっているのだが——そこへさらに、この四角形のおにぎりの表面はうっすらと焦げ、つやつやと輝いている。

「何、それ。鬱金麻婆《ウコンマーボー》とかいうのは、諦めたわけ」

明らかに失望したような眼差《まなざ》しを向ける呂賢妃に対して、今度は首を横に振る。

「いいえ。これこそが、鬱金麻婆なのです」

ますます訝《いぶか》しげに、妃嬪《ひひん》たちは首を傾《かし》げた。

口で説明するより見てもらったほうが早いだろう。

「では、ご覧くださいね」

飯糰の入っている器に、沸かしておいた湯をそのまま注ぎ入れる。すると米は潤い、本来の状態を取り戻すと同時に、粘性を失ってぱらりとほどけていく。

そしてほどけた米の中に現れたのは黄色い塊、つまり鬱金麻婆の塊。その塊もまた、湯によって米粉が溶けるとゆるく形を変え、次第に粥《かゆ》となった粳米と混ざっていく。

最終的に、器の中には、麻婆豆腐《マーボードウフ》と粥が一体化した料理が出来上がっていた。

「これが、改良した鬱金麻婆です」

英鈴は説明を始めた。

「この飯糰は、事前にごま油で表面を揚げてあります。揚げることにより、水分を飛ばして保存性を高めてあるのです」

つまり、作る工程としてはこのようになる。

まず長方形の型を用意し、その半分ほどの高さにまで、炊いた粳米を詰めておく。そこに等間隔に鬱金麻婆の塊を置いたら、それを覆い隠すようにまた粳米を詰める。次に、型を外して――長細いおにぎりができるわけだが――四角形になるように切っていく。

これで立方体の飯糰ができるので、あとはごま油でからりと揚げればよい。

「こうすれば湯をかけるだけで食べられて、かつ保存性にも携帯性にも優れた不苦の良薬ができます。粳米を用いる薬であれば、これと同じ製法で服しやすくできるでしょう」

「な、なるほど……」

「いかがでしょうか、楊太儀様」

興味深そうに見つめている彼女に対して、ちょっと胸を張って問いかける。

「これでしたら、簡単に服用できるかと。それに忙しい時でも、お粥ならしっかりお腹《なか》に溜《た》まりますし」

しっかりとした食べ応えと胃腸に効く効能が欲しいなら、豆腐を茹《ゆ》でて混ぜるといい。そうすれば、さらに完璧な鬱金麻婆が完成するだろう。

そこまで説明すると、楊太儀はこくりと首肯した。

「ええ、董貴妃《とうきひ》様。これならば、きっと誰でも簡単に調理できると思いますわ」

「私も同じ意見です。けれど、味をみないことにはなんとも言えませんね」

穏やかに言う黄淑容に、呂賢妃も無言ながら同意の視線を送っている。

では味わってもらおうと、英鈴は鬱金麻婆を用意した器の中へ、湯を注いでいった。

「さあ、こちらをどうぞ。たぶん、お気に召していただけるかと」

匙《さじ》を入れれば、粳米はほぐれ、粥になっていく。一口、二口と食べた妃嬪たちの表情は、それぞれに明るくなっていった。

「素晴らしいですわ、董貴妃様！　粥と鬱金麻婆の相性はぴったりですわね」

「なるほど。口先だけ、というわけではないのですね」

「……悪くはない」

よかった、好評だ。英鈴はほっと胸を撫《な》でおろし、感謝を告げようとした。しかし――

「悪くはない、とは認めるけれど」

呂賢妃が、じろりとこちらを見つめる。

「な、なんでしょう……？」

「これを欲しがる女性がいるとは、思えない」

匙を置き、口元を手巾《しゅきん》で拭ってから、彼女は続けた。

「湯をかけるだけで作れるのはいい。でも、私が言った点は改善されていない。この服用法は地味すぎる。見た目からしてただのおにぎりだし、つまりは保存食でしょう」

「で、ですが」

たまらず、英鈴は抗弁した。

「地味というのは、薬の本質には関係ないはずです。それにお湯を注いで作れるという点で、市井の人々の注目も得られると思ったのですが……」

「呂賢妃様の言は、的を射ていますね」

黄淑容が、静かに語る。

「申し訳ありませんが、私もこれを初めて手に取ったとして、食べようと思う場面が頭に浮かびません。恐らく男性や、毎日相当に忙しい女性ならば喜ぶでしょう。しかしあなたの望みは、すべての旺華国《おうかこく》の民に認められる品なのでしたよね？」

淀《よど》みなく、彼女は続きを述べ立てた。

「それに考えてもみてください、董貴妃様。龍恵祭《りゅうけいさい》は一代にたった一度しか執り行われない、非常に格式の高い祭です。であれば当然、見栄えというものも重視されるべきではありませんか？　たとえ、服用法であろうと……それが我々妃嬪すべての名の下に提供されるものならば、せめて宝石と同程度の煌《きら》びやかさがなければ」

「……！」

反論しようとして、やめる。その通りだと思ったからだ。

（確かに、すべての人に認められるものでなければ意味がない）

これは、考えが甘かったとしか言いようがない。けれど——ではどうやって、この不苦の良薬に、妃嬪のものらしい華やかさを与えればいいのだろう？

（宝石と同じくらいの煌びやかさを、鬱金麻婆に添える方法は……）

「店や器の外見を飾り立てる、というのではいけませんの？」

「小手先ね。奇抜にすればいいというわけではない」

楊太儀の助言も、呂賢妃がばっさり切り捨てる。

（となると……新しく『宝石みたいに綺麗《きれい》な不苦の良薬』を作ればいいのかも）

華やかな不苦の良薬でまず人の目を惹《ひ》き、店に入ってきた人たちに、さらに鬱金麻婆や枳殻汽水《きこくきすい》を勧めることで、不苦の良薬を広めていく。これならいけるかもしれない。

（問題は、綺麗な薬ってどんなものか、という点かしら）

しかし、諦めてはいられない。実際のところ、考案に使える時間はあとわずかなのだ。

明日、もう一度開くこの会合を終えたら、すぐさま不苦の良薬の量産にとりかからなければならない。龍恵祭まではあと五日、準備期間も考えればぎりぎりだ。

「なんとか、明日までに考えておきます」

こちらが言うと、呂賢妃はさらりと頷いた。

「輝く絹布や、瑠璃《るり》の大石にも負けないものを作ってもらわなければ、協力している私の立つ瀬がないから。嘘《うそ》つきでないのなら、名を汚さないよう、命を懸けて考えて」

「は、はい」

なんとも厳しい意見だ。支援者なのだから、当然ではあるけれど。

そこまで考え――ふと呂賢妃の言葉から連想して、見事な瑠璃の大石を提供すると言っていた嬪《ひん》、徐順儀《じょじゅんぎ》を思い出す。

英鈴は、楊太儀に視線を向けた。彼女の肌は、かなり回復している。顔にできていた斑点は、薄く化粧すれば隠せるほどになっていた。少し前までは衫《さん》の袖で痛ましく隠されていた両の腕も、以前と同じ、絹のごときつややかさを取り戻している。

十薬酒《じゅうやくしゅ》が充分に効いたのは、こちらとしても嬉《うれ》しい限りだ。

けれどあの時、根本的な解決は何もできないままだった。

「あの、楊太儀様。その後、徐順儀様から何かありましたか？」

呂賢妃たちもいる場なので、肌云々《うんぬん》については触れないようにしながら尋ねると、楊太儀は短く首を横に振った。

「いえ、あれ以降は何も。無論、詫《わ》びの言葉などもありませんが……宮女たちによれば、徐順儀殿はお部屋で静かに過ごしておいでのようですわ」

その言葉に、安心する気持ちもある。けれど、どこかざわついた。野心に溢《あふ》れ、楊太儀やこちらを貶《おとし》めようとしていた彼女が、龍恵祭まで何もしないでいるものだろうか？

「賢者ならば、場の趨勢《すうせい》が自らにないと知れば身を引くものです。なれど、徐順儀様のような方であれば……さて、いかがでしょうね？」

たおやかな笑みを崩さずに、黄淑容はそんなことを言った。

それが単なる皮肉であるとは、今の英鈴には思えないのであった。

＊＊＊

空は雲に覆われ、月影はなく、足元は暗い。

いくら道を知っていると言っても、今晩は灯《あか》りを使わなければならなかった。

夕餉《ゆうげ》の後、夜の時間、英鈴は秘薬苑への道のりを歩いていた。

（会合の後、結局なんにも思いつかなかったのよね……）

後宮の女性が手掛けた薬だったのだ、と明かされた時に「どうりでこれほどまでに」と言われるような煌びやかさ。言うのは簡単でも、実際にそれを不苦の良薬で成り立たせるというのはかなり難しい。

何も良案が浮かばないので、せめて古くからの文献に答えを得ることはできないかと、こうして秘薬苑に助けを求めている。それにもう一つ、心配事は増えていた。

（徐順儀様も心配だけれど……雪花《せっか》、大丈夫かな）

しばらく前から洟《はな》が出ると言っていた雪花は、今日の昼になって症状が悪化してしまった。平気だという彼女を強引に部屋に下がらせ、葛根湯《かっこんとう》を飲ませて休んでもらったのだ。

恐らく風邪だろう、とは思う。けれど彼女の身に何かあってはと、気が気でない。

(明日には、お医者様に診ていただける手筈《てはず》になっている。でも……どうせなら、こういう時に役に立つような不苦の良薬があったらいいのに)

見た目が綺麗で、しかも、風邪の引きはじめの時に役に立つような服用法。そんな都合のいいものが、果たしてあるのか。否、作ることができるのだろうか。

不安な気持ちを抱えたまま、英鈴は庭を進んだ。そして、もはや見慣れた石壁——龍の意匠が施されている、秘薬苑に続く扉が隠された場所までやって来た時である。

(あれっ……？)

英鈴は、はたと足を止めた。いつもは壁に隠されている扉が、今日は既に露《あら》わになっている。しかも開け放たれたまま、放置されているのだ。

(この庭を警護している人たちは、中にまでは入らない。もしかして、また陛下が？)

いや、朱心《しゅしん》ならば扉は閉めるだろう。では、従一品以上の妃嬪《ひひん》のうちの誰かだろうか。

逸《はや》る心を抑えつつ、英鈴は苑に踏み入った。すると池の畔《ほとり》、白木蓮《はくもくれん》の木の近くに佇《たたず》む影が一つ見える。灯りが地面に置かれているせいで、人物の顔かたちまでは捉えられない。けれど、それが女性なのは見て取れた。その女性の影は、足元に生えている草木、すなわち黄色い花を咲かせた水仙に無造作に手を伸ばすと、勢いよく手折る。

屈《かが》んだ拍子に灯りに照らされ、夜闇の中に浮かび上がった横顔は――

「徐順儀様っ！」

名を呼び、英鈴はすぐ近くまで駆け寄った。かたや徐順儀は、さほど驚いた様子もなくゆるりとこちらに向き直る。その手には、水仙の花が握られたままだ。

「あぁら、董貴妃様」

彼女は、何事もないかのようにお辞儀をしてみせた。

「何やら慌てたご様子ですが、いかがなさいました？　私とて従一品の嬪、この庭に踏み入る権限は持っていますよ」

「承知しています。いえ、そうではなく」

弾みそうになる息を整えながら、できるだけ静かに尋ねる。

「その水仙の花を、どうなさるおつもりですか」

「フフッ！　あら、面白い」

途端に徐順儀の双眸《そうぼう》に、敵意の炎がぎらついた。彼女はまるで愉快な話題を語るかのように、高らかな声音で述べ立てる。

「『草木を傷つける行為は許しません！』とでも？　それとも、自分に与《くみ》さぬ者の存在は無視できないと仰せなのですか」

「いいえ……」

「ふん。あなたが皇后に立つ話も、龍恵祭が失敗したならどうなるのでしょうね？」

極めて不吉な言を吐き、徐順儀は口の端を意地悪く吊《つ》り上げた。

「妃嬪のほとんどが、あなたの思い通りに動くようになった。いいご気分でしょうねえ、董貴妃様？　ですが、誰も彼もがあなたに靡《なび》くなどとお考えでしたら大間違いですよ」

私は一度も、あなたに感謝などしていない――と憎らしげに告げ、徐順儀は水仙を握る拳に力を籠めている。

（感謝……？）

その時、思い出したのは以前の安眠茶《あんみんちゃ》の事件の折、倒れていた徐順儀の姿だ。

安眠茶に興味を持った彼女は、一気に大量に服用したせいで、急性的な中毒症状に侵された。呼吸困難の徐順儀を救うため、英鈴は吐根《とこん》を使用し――命を取り留めたものの、徐順儀は謝意を述べはしなかった。逆に、嘔吐《おうと》させられたことを恨むようになったのだ。

そして皆の前で、こちらを貶めた。

（あの時の私は、罠《わな》にかかってしまったと……どうすればいいのかわからないと、自分の心配ばかりしていた。それに今までもずっと、あまり深く考えてはいなかったけれど）

そもそも徐順儀が、安眠茶に手を伸ばした理由はなんなのか。

安眠と多幸感を得られるというその茶に彼女が求めたものは、何か。

(不安や不満がないのなら、いくら興味本位といっても、怪しげなお茶を飲んだりしない)

つまり徐順儀が安眠茶に手を伸ばした理由は、満たされない思いにあったのだ。

救いを求め、彼女は安眠茶を飲んだ。心の空隙はきっと、今もぽっかりと空いたまま。

そして心は得てして、その穴を嫉妬や憎悪の念で埋めようとするものである。

(嫉妬がどれほどの『毒』を生み、自分を傷つけるものか……今の私はよく知っている)

だからこそ、英鈴は逸《そ》らすことなく徐順儀を見据えて、穏やかに語った。

「私は、後宮を思い通りにしたいわけではありません。そもそも人の心とは、誰かの思い通りになるものではないからです」

「はっ！　何を……」

「ただ、栄達を望むのならやりようがあると思います」

嗤《わら》おうとした徐順儀の言葉を遮り、続けて述べる。

「後宮で生きる上で、自身の栄誉を望むこと自体が、間違っているはずがない。その中で、他の妃嬪と利害がぶつかる場合もあるでしょう。けれどそれならば、せめて前向きに、堂々とぶつかればいい。謀略は謀略を生み、血は血を生むだけです」

「……」

「だから、もしあなたが」

憎らしげな顔のまま黙った徐順儀に向かって一歩踏み出し、告げる。

「その水仙の花を、毒として使おうとしているのなら。私は、それを止めなければなりません。私は、この秘薬苑の管理を仰せつかっている者ですから」

そう、水仙は花にも葉にも、鱗茎《りんけい》にも強い毒を持つ。

徐順儀は繰り返そうとしているのかもしれない。どこかから手に入れた知識で、雲霄《うんしょう》桜草《さくらそう》を毒として用いたのと同じように――水仙の中毒を、楊太儀に行使しようと。

「何を……！」

吐き捨てるように叫んだ徐順儀は、勢いよく手を払う。無残に地面に散らばった水仙を靴で踏みつけ、彼女は詰《なじ》るように言った。

「耳当たりのいい台詞《せりふ》ばかり。商家の娘は、宣伝文句を並べ立てるのが上手ですこと」

「私の出自は、この場に関係ありませんよ」

じっと視線に力を籠めて、英鈴は静かに問いかける。

「あなたはそんなに、私の生まれが商家なのが気に入らないのですか？」

こちらが言い終えた瞬間、徐順儀の眉間に深く皺《しわ》が刻まれた。それはこれまでの憎悪に満ちた表情とも違う――何かを「見抜かれた」とでも言いたげな表情。

探りを入れる暇もなく、徐順儀は素早く身を翻した。彼女は足元に置いていた灯りを手に取り、蠟燭《ろうそく》だけを素早く取り外す。

「慈悲深く思慮深い、後宮の主《あるじ》となられる董貴妃様」

皮肉たっぷりに告げた彼女の視線が、白木蓮の木に向けられる。

「この苑に火を点《つ》けられても、あなたは同じことが言えるのかしら?」

「なっ……!?」

こちらの驚きをものともせず、徐順儀は蠟燭の火を木肌に押しつけた。木の幹から黒い煙があがり、彼女は血走らせた目を細め――けれど、それだけだった。

「え?」

疑問の声をあげたのは、英鈴ではない。燃え移らない火を前に、徐順儀は愕然《がくぜん》とする。

「な、なぜ」

「生木は燃えにくいんですよ」

至極冷静に告げながら、池の畔に置いてある桶《おけ》を見やった。以前、水質調査をした時に残していたままだ。桶の中にはまだ水が入っている。

「徐順儀様は、ご存じなかったようですね！」

蠟燭を押しつけ続けている彼女の手元を睨《にら》みつつ、英鈴は桶を上空へ蹴飛ばした！

「きゃっ⁉」

桶は空中で回転し、飛沫《しぶき》がかかった徐順儀は悲鳴をあげた。水で、蠟燭の火が消える。

取り落としたそれが地面を転がっていくのを、徐順儀は啞然《あぜん》とした顔で見送った。

そして、その隙を逃す英鈴ではない。懐から取り出した獐牙菜《しょうがさい》の丸薬を、ぽかんと開いた相手の口に向かって投げ込む。反射的に口を閉じた徐順儀は、苦悶《くもん》の表情を浮かべた。

「う、苦っ、ぐうっ……！」

慌てて丸薬を吐き出そうと、彼女は体勢を崩す。だが、足元が暗くて見えなかったらしい。そのまま、彼女は尻餅をついた。踏んだ石に靴裏が滑ったのだ。

「あうっ！」

痛みに顔を歪《ゆが》めた徐順儀は、次いで、迫りくる影に気づく。影、すなわち董貴妃は無言で蠟燭を拾い上げて回収すると、今度は徐順儀のほうへと歩み寄っていく。

灯りがあっても、英鈴の顔はよく見えないようだ。

「ひっ！　な、何よ！　何をする気っ……」

悲鳴をあげながら、立ち上がろうともがく徐順儀に——英鈴は、そっと手を差し伸べた。

「大丈夫ですか、徐順儀様。お怪我《けが》は？」

「なっ……！」

差し出したこちらの手と、顔とを、交互に徐順儀は見比べている。

「あなたのお考えは、よくわかりました。だから、いずれはあなたにも信頼してもらえるように、精一杯努力します」

自然と、英鈴は微笑《ほほえ》んでいた。

——秘薬苑に火を放とうとした彼女に、怒りを覚えていないわけではない。

けれど、徐順儀があんな行いをしたのは、心に埋められない穴を抱えたままだからだ。

どんな理由で開いた穴なのかは知らないけれど、どれほど苦しいかは理解できる。だから今すべきなのは、腹を立てて非難することではない。ずぶ濡《ぬ》れのまま立ち上がれずにいる彼女に、手を差し伸べるべきなのだと——そう、考えたのだ。

「……」

徐順儀の双眸は、信じられないものを見るかのように凍りついた。

こちらの手の、指先のところに視線を留《とど》めたまま、彼女は何も言いはしない。

その唇がゆるゆると動き「なぜ」という形を作る。だがそれが音を成す前に、苑の入り口のほうから、女性の声が聞こえてきた。

「董貴妃様、いらっしゃいますの!?」

楊太儀だ。すぐ近くまで駆け寄ってきたのは、小茶《しょうちゃ》を腕に抱いた彼女だった。肩で息をして、楊太儀は英鈴とへたり込んだままの徐順儀を見つめている。

「何やら悲鳴が聞こえましたけれど、ど、どうなさいましたの？　今晩も董貴妃様が根を詰めておいでだと聞いて、応援に参ったのですけれど」

「ええと、これは」

どう説明したものか。すると徐順儀は、慌てた様子で語りはじめる。

「いっ、池に落ちそうになったところを、董貴妃様が通りかかって！　それでっ……」

よろよろと立ち上がりながら、こちらを一瞥《いちべつ》した相手の目は、ひどく怯《おび》えていた。

この場で、英鈴が彼女を断罪すれば――貴妃と太儀の前だ、順儀の抗弁など聞き届けられない。皇帝の所有物である秘薬苑に火を放とうとした罪から、逃れられはしないだろう。

英鈴は理解していた。だから、ゆっくりと頷《うなず》くことにした。

「ええ、そうです。徐順儀様は、夜の散歩をされていたのですよね？」

「……！」

「転びそうになっていらしたので、驚きました」

告げて、そっと目配せした。それを、一体彼女は、どう解釈したのだろう。

「くっ……！」

歯嚙《はが》みの音を一つ残して、彼女は秘薬苑の外へと駆け出した。灯《あか》りがないと危ない道なのに——そう思った瞬間に、雲間から月の光が差し込んでくる。

だから英鈴は、それ以上徐順儀を追おうとは思わなかった。

月光に照らされながら、徐順儀は振り返りもせずに、苑から出て行ったのである。

「なんだったんですの、一体」

一方で、やや憤慨した面持ちで楊太儀は口を開いた。

「また懲りもせず、今度は董貴妃様に狼藉《ろうぜき》を働こうと？　まったく、性根の曲がった者はこれだから困りますわ！」

「ええ、でも」

英鈴は、短く息を吐いてから続ける。

「わかってもらえるように、努力は続けます。……それよりも！」

と、あえて明るい声音で英鈴は言った。

「楊太儀様、こんな夜更けに来てくださって、ありがとうございます。私は大丈夫ですから、どうぞお部屋でお休みになってください。小茶も、来てくれてありがとう」

「わん！」

そっと頭を撫《な》でてみると、小茶は応じるように一声吠《ほ》えた。楊太儀の腕の隙間から伸びるふわふわの尻尾が左右に揺れているので、きっと喜んでくれているのだろう。

「よかったですね、小茶。董貴妃様に褒めていただけるなんて」

愛犬に語りかける楊太儀の目は、まるで我が子を見守る母親のようだ。

温《ぬく》もり溢《あふ》れる光景にほっと心を和ませながら、頭を過《よ》ぎったのは、かつての出来事――楊太儀と和解するきっかけとなった、小茶の看病だ。

（あの時は、小茶の上顎に薬を塗りつけたのよね。蜂蜜《はちみつ》と薬を混ぜこんで、甘くして）

甘く、とろみのあるものは誰しも喉を通りやすい。小茶の場合は、犬の習性を利用して顎の内側に塗りつけたわけだけれど、人間相手なら、単に蜂蜜に薬を混ぜるだけでも服用しやすくはなるだろう。

（甘いだけだと薬によっては、かえって苦みや酸っぱさが際立ってしまうから、あまりこの手は使ってこなかったけど。例えば、薬の味そのものを舌で感じづらくしてしまえば、同じような手段は取れるかな）

直接、舌に薬が触れないようにする仕組み。かつ、呑《の》み込みやすくする方法――甘くてとろみがあるという点で、すぐに思い浮かんだのは葛根《かっこん》だ。しかしできれば、懸案である見た目をもどうにかできるような、よい方法はないものだろうか。

小茶の揺れる尾を眺めながら、しばし考えていた英鈴は、突如として閃《ひらめ》いた。

「そうだ……！」

ほんのり甘く、とろみがあり、しかも綺麗《きれい》。かつ安価で、大量に作れるもの。

既に英鈴は、それを知っていたのだ。

＊＊＊

「お待たせしました！」

翌日の会合に、英鈴は遅れて参上した。待ちくたびれた様子の呂賢妃と黄淑容は、やや怒気を孕《はら》んだ眼差《まなざ》しをこちらに向けてくる。

「……遅い。逃げ出したのかと思った」

「申し訳ありません。新しい不苦の良薬を試していたら、時間がかかってしまって」

「まあ、新しく？」

驚いた顔を見せる黄淑容、そして訝《いぶか》しげにしている呂賢妃と楊太儀の前に、英鈴は持ってきた荷をほどき、中から瓶を取り出した。

その瓶には、赤、黄、青——色とりどりの『宝石』が入っていた。透き通った断面は、磨き上げられた石のそれだ。窓から差し込む光を受けて、きらきらと輝いている。

「まさか、本当に宝石を」

さすがの呂賢妃も、目を丸くして見つめている。その反応を見て、英鈴はちょっと誇らしい気持ちになった。

「これが何か、おわかりですか？　皆さま」

「えっ、宝石ではありませんの？」

「それだけの量を集めるには、かなりの金子が必要そうですけれど」

楊太儀は戸惑い、黄淑容は不審そうにしている。彼女らの前で瓶の蓋を開けて、英鈴は、中の宝石を一粒、指で挟んで持ち上げた。それから、口に運んで噛《か》み砕《くだ》く。

「えっ……！」

どよめく妃嬪《ひひん》たちの前で、軽快な歯ざわりと共に宝石を咀嚼《そしゃく》した。口の中に広がるのは、自然な甘み。そう、つまりこれは――

「宝石のように見えますが、実はお菓子なのです」

口の中身を呑み込んだ英鈴は、にこやかに語る。

「これは『琥珀糖《こはくとう》』といって、溶かした寒天《かんてん》に白糖を入れ、色をつけて作った品です。乾燥させ、固めたものを手で千切るとこのように、磨いた宝石のような断面が生まれます」

表面はやや硬く、シャリシャリとした食感があるが、中は軟らかく、甘いお菓子。

もちろんそのまま食べてもいいのだが、これが不苦の良薬である理由は別にある。

今度は、荷から簡易的な炉と素焼きの小皿を取り出した。炉に火をつけてから、皿の上に、いくつかの琥珀糖を並べる。

「いいですか、よくご覧になってください」

皿の上で煌《きらめ》いていた琥珀糖は、熱を受けて次第に溶けていく。弾力性は残しつつ、とろとろに溶けたそれを匙《きじ》で掬《すく》うと、英鈴は扉の外に呼びかけた。

「雪花、お願い！」

「はいっ」

扉を開けて、現れたのは宮女の雪花。早めに服用した葛根湯と医師の診察のお蔭《かげ》で、風邪は引きはじめのうちに抑え込むことができた。けれどまだちょっと喉が痛いという彼女は、ほんの少し、いつもより元気がない。

「これから、新しい不苦の良薬をご紹介します」

隣に来た雪花は、医師に処方してもらった散薬を持っていた。それを受け取り、英鈴はその一包分を、匙の上でとろけたままの琥珀糖の上に振りかける。さらに、散薬の部分を包むように琥珀糖を別の匙でかき集めた。

すると匙の上には、とろけた琥珀糖で薬を包み込んだものができあがる。

「さあ雪花、これをどうぞ」

「はい、いただきます！」

呂賢妃たちの前なのでやや丁寧に、雪花は拱手《きょうしゅ》してから匙を受け取る。

そしてそれを一口でぱくりと呑み込んで――

「お、美味《おい》し〜い！」

言うなり、ぱぁっとその表情が明るくなった。

「すごいよ英鈴、これ、とっても美味しい！　甘いし、軟らかいし、喉がイガイガしないから呑み込むのも楽ちんだよ。あっ！」

黄淑容と呂賢妃からの視線を感じて、慌てて彼女は咳払《せきばら》いした。

「と、ともかく……たいへん結構なお品かと存じます、貴妃様」

「ありがとう、雪花。後は、部屋でゆっくり休んでね」

お辞儀をして、雪花は退出していく。彼女を見送ってから、改めて妃嬪たちに言った。

「いかがですか？　琥珀糖はご覧の通り宝石のごとき輝きを放ち、しかも乾燥させて作るので保存性にも優れています。そして何よりも甘く、熱を加えると軟らかく溶けます」

「つまりその性質を利用し、薬を包み込んでしまえば……たとえどんなに苦い薬でも、その苦みを感じずに呑み込むことができると」

纏《まと》めるようにそう言ってから、黄淑容はくすっと笑った。

「これはまた、一本取られましたね」

「褒めるのはまだ早い。さっきのは、董貴妃殿の宮女だもの」

「董貴妃様、ぜひわたくしにも、一つくださいませ！」

喜んで、と一言応えてから、英鈴はそれぞれの妃嬪に琥珀糖を渡していった。

黄淑容に渡した赤色は、薬学では紅花《こうか》と呼ばれるベニバナ由来のもの。

呂賢妃に渡した青色は、南方に咲く蝶豆《ちょうまめ》の花を絞って得られたもの。

楊太儀に渡した黄色は、薬学では山梔子《さんしし》と呼ばれるクチナシの果実に由来するものだ。

どれも色がつく程度の量しか入っていないので、薬との飲み合わせを気にする必要はない。そして色は違っても、味はどれも同じ、白糖由来の純粋な甘みだ。

「まあ、不思議な食感！　これだけでも、お菓子として流行しそうですね」

「……一日で考えたにしては、悪くないと思う」

「瓶に入れて眺めているだけでも、華やかな気分になれそうですわね！」

三者三様、ではあるけれど、どれも好評の言葉だ。

それを聞いて、心底ほっとした気持ちになる。

（ここまで大変だった……！）

ようやくこれで、龍恵祭に出す不苦の良薬が完成した。

自然な酸味と爽やかさで喉を潤し、頭をすっきりさせる枳殻汽水。

飲みすぎや食べすぎによる不快感、胃腸の不調を改善し、食べて美味しい鬱金麻婆。

そして宝石のような外見を持ち、溶かせばどんな薬でも甘く飲める琥珀糖。

「ご協力いただき感謝いたします、皆様！」

英鈴はそう言って、深くお辞儀をした。

「あとは、これらの不苦の良薬をたくさん作り、龍恵祭に備えるだけ。ついては皆様にもぜひ、製作のご協力を引き続きお願いします！」

「は？」

呂賢妃が、ぴくりと眉を跳ね上げた。

「どういうこと。私たちにも、作るのを手伝えと？」

「ええ、その、不躾《ぶしつけ》ではありますが……想定より品数が増えましたし、それに琥珀糖は一度棒状にしたものを手で千切らないと、宝石のような見た目にならないもので」

「つまり、手間も増えてしまいましたのね」

頬に手を当てて困った顔をする楊太儀に、苦笑しながら頷《うなず》きかけた。

すると、短く笑いを零《こぼ》したのは黄淑容だった。

「仕方ありませんね。未来の後宮への投資のつもりで、ここは私も手を貸しましょう」

「……善人ぶるつもり？」

「そんな理由では。これは私ども妃嬪の名の下に作られるものですし、中途半端は許されないかと。それに御家再興のためなれば、私は善となる機会を惜しみませんよ」

さらりと恐ろしい言葉が聞こえた気がするが、とにかく黄淑容は手伝ってくれそうだ。

「董貴妃様、もちろんわたくしもお手伝いいたしますわ。宮女たちにも手を貸してもらいますし、それに……ええと、千切るくらいならわたくし一人でも、きっとできますわ！」

「面倒くさい。けれど、私だけ逃げたと言われるのも癪《しゃく》ね」

呂賢妃は、ふうと嘆息して言った。──それで、まったく構わない。

「ありがとうございます！」

英鈴は再び、頭《こうべ》を深く垂れて言った。龍恵祭まであと四日。でも妃嬪同士の距離は、すでに以前よりずっと縮まったように、英鈴には思えたのだった。

第五章　英鈴、良薬は口に甘いこと

蒼天《そうてん》に昇った太陽、その光に負けぬほどに、人々は目を輝かせて大路を行き交う。

今日この日、御苑《ぎょえん》の近くに立ち寄るだけで、執り行われているのがいかに慶賀すべき祭なのかを実感できるだろう。

普段は閉ざされている門は、今日と明日の二日間ばかりは大きく開け放たれている。中に踏み入れれば目にするのは見渡す限りの人、人、人。そしてこの時にしか開かれない特別な市だ。

普段、華州《かしゅう》の中心地に住まう者であっても、人々がこれほど一つ所に集まっているのを見る機会はそうないだろう。祝宴が開かれる日は一年に幾度かあれど、龍恵祭《りゅうけいさい》は新しい世の始まりにのみ催される特別な祭。『賑《にぎ》わうこと』自体が目的の祭とあれば、民の笑顔は溢《あふ》れ、財布の紐《ひも》も自然と緩くなる。

右を見やれば、桑州《そうしゅう》から持ち寄られた極彩色の珍しい織物《おりもの》が並び、その隣では南方の香り高く甘い果物が山を成している。左を見やれば、職人が粋を尽くした調度品が売りに出され、人々が目利きに精を出している。後宮の妃嬪がたが売りに出した品は競売にかけられ、貴族や豪商、貴婦人たちが白熱したやり取りを見せていた。

そこかしこに置かれた卓や椅子にて、大人たちは軽食や酒を手に談笑し、子らは右手に買ってもらった特別なおやつを、左手に美しい装飾の施された凧《たこ》を持って、早く遊びに行こうと誘い合っている。

南の門では冬大祭《とうたいさい》でもなければお目にかかれない珍しい動物たちが並び、とりわけ象は気性も穏やかに愛嬌《あいきょう》を振りまいていた。人々の楽しげな話し声の合間には、あちこちで芸を繰り広げる楽団の妙なる音楽が鳴り響き、耳を楽しませる。

ちらほらと見える白銀色の髪の人々は、北の金枝国《きんしこく》から来訪したのだろう。さらに海を越えた島国、砂漠を越えた西の諸国、旺華国《おうかこく》のほとんどの人が名も知らぬ土地からの客人たちの姿もある。

今日こそは龍恵祭、当代の皇帝を嘉《よみ》し、龍神《りゅうじん》の恵みを祭る時。

そして皇帝・丁朱心《ていしゅしん》の代の龍恵祭こそ、史書によれば、不苦の良薬がいよいよ羽ばたく時なのである。

――そのはずであった。

あったのだが――

＊＊＊

「董貴妃《とうきひ》様、始まったようですわね！」

「ええ……！　本当に、いよいよですね！」

銀鶴台《ぎんかくだい》の頂上から街の様子を見下ろしつつ、英鈴《えいりん》は逸《はや》る心を必死に抑えていた。

ここからは、行き交う人の顔立ちまではわからない。けれど、これまで見たことがないほどに、街の様子が華やいでいるのは雰囲気だけで理解できた。

生まれた時から永景街《えいけいがい》に暮らす身といえど、こんなにも素晴らしい賑わいは記憶にない。

（お店にも、たくさん人が来ているのかな……！）

御苑の市の一角に、それとは明かされずに用意された董貴妃の店――その佇《たたず》まいを思い浮かべながら、英鈴は、これまでのことを思いだした。

どんな不苦の良薬を出すか決まった後、協力者全員に薬についての説明をして、承諾を得ることができた。そこから先、製造そのものの手伝いや材料の準備、または資金の提供など、協力してくれた妃嬪《ひひん》たちの総力を結集して作られたその店は——他と比べて、いささか立派な見た目になりすぎてしまった。

屋台の一つというよりは、もはや立派な施設とも呼べそうだ。木造で扉こそないものの、中には座って食事ができる場所もある。満修容《まんしゅうよう》の助言を受けて作った店内は、快適でしかも機能的だ。椅子も、最高の座り心地のはずである。何せ暁青《ぎょうせい》から贈られた、金枝国の羊毛を施しておいたのだから。

英鈴自身は、実際にその店構えを目にしてはいない。けれど図面を見た限りでは、多くの人が詰めかけても問題ない建物になっていた。今頃はきっと緑風《りょくふう》が、宮女・翠玉《すいぎょく》としての格好で、無事に開店してくれている頃だろう。

（もしかしてここから、不苦の良薬を持って街を歩く人が見えるかも！）

あるいは、不苦の良薬の製法を知った薬師が、さっそく同じものを作ってくれたりはしないだろうか。

そんな期待を、胸いっぱいに膨らませてしまう。

銀鶴台の妃嬪たちは、自身が祭に直接参加することはないが、ここで祭を見学してもよいとされている。雪花《せっか》たちが折に触れて差し入れてくれる、甘い香蕉《こうしょう》や番木瓜《ばんもくか》——南の島々で採れる珍しい果物に舌鼓を打ちながら、英鈴は楊太儀《ようたいぎ》や他の妃嬪たちと共に、朗報を待つのだった。

しかしいくら待っても、不苦の良薬に関する噂《うわさ》を耳にすることはない。

否、それどころか――


「……人が来なかった？」

呂賢妃《りょけんひ》が眉を顰《ひそ》めて問うと、跪《ひざまず》いた緑風はこくりと頷いた。

銀鶴台にある一室――前に英鈴が立ち入ったことのある部屋に、今は英鈴と楊太儀だけでなく、呂賢妃と黄淑容《こうしゅくよう》、そして緑風がいた。

もちろん緑風は「妹の翠玉を店番として立たせ、彼女の報告内容を董貴妃たちに伝えている」という体でここにいる。

いずれにせよ、彼から齎《もたら》された報告は無残なものだった。

不苦の良薬の店は、ほとんどの人から見向きもされなかったのである。

「力及ばず、申し訳ありません」

緑風はやや青い顔を俯《うつむ》けながら、妃嬪たちに丁寧な口調で言った。

「店が開いた当初は、董大薬店《だいやくてん》……董貴妃様のご実家の方々がお見えになるなど、賑やかでした。しかしその後は、店の前を素通りする人々ばかりで」

詳しく話を聞いてみると――どうやら多くの人は、『妙に店構えが立派な、何を配っているのかわからない店』に警戒心を抱いたようだ。

金子を取らず、ただ何か料理らしきものを配るだけの店という点で、どうも得体の知れない印象を与えてしまっているらしい。

「そこで僕……いえ妹は、ここは薬の店だと、外で宣伝することにしました。土産物売りがやるように、実際の品を一口試せるようなものを配って、それが食べ物ではなく薬だと広めることができれば、興味を引けると思ったのです」

しかし、それでもなかなか手に取ってもらうのは難しく――なんとか幾人かに宣伝はできたのだが、午後になって店に戻ってきた緑風は、信じられないものを見た。

酔っぱらった人々が酒を持参して、店に陣取っているのである。つまり、無料の休憩所のような扱いを受けてしまったのだ。

中では酔っ払いが高いびき。当然、店にはさらに人が寄り付かなくなっていった。

「どくように言ったのですが、連中は酔って気が大きくなっているうえに、眠りこけているものもいて聞く耳を持たず……そのうち、市を閉める時間になってしまいました」

「そんな……」

全身から力が抜けてしまうような、強い虚脱感を覚える。

日中の期待は、あまりにも甘すぎたようだ。愕然《がくぜん》としつつも、心のどこかで、理由はわかるような気がした。

（確かに、得体の知れないものを配っている店なんて、みんな避けてしまうものよね。なまじ無料だなんて言われると、余計に怪しく思えるというか）

緑風がやったように、外で試供品を配るのはいい手だろう。とはいえその場合に問題になるのは、酔客たちになるだろうが。

「……たぶん、誰もいないうえに居心地がよさそうな場所だったから、酔った人たちが居ついてしまったのね。既に酔っぱらってしまっているから、話が通じないのも当然だし」

「まあ、本末転倒ですね。酔客を出さないための店でもあったというのに、そもそもまったく役に立てていないなんて」

黄淑容の切れ味鋭い言葉にも、今は頷《うなず》くしかない。

一方で、呂賢妃が静かに口を開いた。

「街に住んでいる薬売りたちが……自分たちの商売敵に客が来ないように、人を雇ってたむろさせている、ということはないの？」

「そんな！　私は商売敵になるつもりなんてありません」

ほとんど反射的に、英鈴は抗弁する。

「服用法が広まれば、一般の人々が薬を使う機会も増えます。そうなれば薬店の人たちも、少しの手間でより効率的に薬を売れるようになるはずなのに」

「あら、董貴妃様」

宥《なだ》めるような眼差《まなざ》しで、黄淑容は言った。

「誰もが実践なくして、理屈だけで道理を理解できるとは限りません。あなたの考えの通りなら、なるほど双方両得の関係であるのは事実ですが」

そこで楊太儀が胸に手を当て、俯いて呟《つぶや》く。

「凝り固まった考え方を解くのは、容易ではありませんものね」

「……そうですね」

自分たちの商売の邪魔になりそうな店に、わざと嫌がらせをする悪辣な薬売りが、永景街にいるとは思えない。でも街にいる他の薬売りたちがどう考えているのか、今のところまったく把握できていないのは確かだった。

(それに……単純に、宣伝が足りなかったのも問題ね)

反省する気持ちになって、英鈴はがくりと頭を垂れた。

そもそも不苦の良薬を準備するというだけで、祭までの数日を慌ただしく消費してしまったのだ。新しい概念を広めるのなら、それに見合うだけの宣伝にも、心を砕くべきだったのに。

(事前の宣伝も足りず、認知度がない。となれば、親近感のある見知ったお店に皆流れてしまうのは当然か……)

父もよく言っていた。よいものであれば勝手に広まるなどというのは、商売人の甘い幻想に過ぎないのだと。

なのに自分は、薬のことしか考えられていなかった——と、英鈴は猛省する。

だが、落ち込んでばかりはいられない。

まずは明日、どうするかの方策を立てなければならないのだ。

「翠玉は、明日こそはお役に立ってみせると言っております」

緑風が、真面目な面持ちで申し出てくれる。その心はありがたい。

(でも同じことをしても、同じ結果になるだけ。一人で酔客の相手をして、店番もして、御苑《ぎょえん》を回って試供品を配るなんて……いくら緑風くんでも、絶対に無理よね)

今日の轍《てつ》を踏まないように、せめてあともう一人、翠玉と共に店に立つ人間が必要だ。

薬に詳しく、商売にもある程度通じていて、しかも後宮と関係があるような女性。

誰に頼めばいいだろう？　そう思った時、ふと単純な答えが浮かんでくる。

（いえ、でも）

それは無理だ、と内心で頭《かぶり》を振った英鈴は、自分をじっと見つめる呂賢妃の視線に気がつく。どうしたのか、と問うよりも先に、彼女は口を開いた。

「あなたの出番じゃないの」

「えっ!?」

――思っていたことを、言い当てられたような心地。

つい自分の胸を手で押さえながら、問いで返してしまう。

「で、出番とは」

「こうなったら、不苦の良薬そのものに詳しい人間が出て行くしかない。あなただって、わかっているでしょう」

無表情ながらも至って真剣に、呂賢妃は言った。

「それに、去年の夏の噂も聞いている。あなたが蓮州《れんしゅう》の龍淵村《りゅうえんそん》とかいう場所で、不苦の良薬を自分で配っていたと」

だったら、と彼女は続ける。

「別に初めての経験でもないし、商売人の娘なのだから、むしろ適任でしょう。やったらいいと思う」

「で、でも……！」

妃《きさき》たる自分が持ち場である銀鶴台を離れて、勝手に御苑に行くなんて。

それにもし貴妃だと露見してしまったら、そもそもの計画が――

そう言おうとして、しかし、頭の中ですぐに反論は見つかった。

朱心によれば、龍恵祭の本懐は妃嬪を含め、すべての人が賑《にぎ》わいを龍神に示すことにある。となれば、この祭の時ばかりは、自分自身の店を管理しに妃嬪が外に出たとしても、許されるのではないだろうか。

また、英鈴が貴妃だと知る人物が数少ないというのは、前回の追放騒ぎの時にわかっている。つまり服用法を配ったとしても、正体を知られてしまう危険性は少ない。

ならば明日こそ現場に行き、自分の手で不苦の良薬を広めるべきなのではないか。

「……」

黙りこくった英鈴に対して、楊太儀が力強く頷きかける。

「大丈夫ですわ、董貴妃様。もし何かありましたら、董貴妃様は後宮の妃としてなんら恥ずべきことはなさっていないと、わたくしが証言いたします」

「むしろ人任せにせず、ご自分で出馬されてこそ、責任を果たすことに繋《つな》がるのでは？」

黄淑容もまた、にこやかに言う。今回ばかりは、その言葉の裏に、何か別の意図があるようには聞こえなかった。

英鈴は、緑風を見やる。彼もまた、無言ながらこちらに頭を垂れた。ならば——

「わかりました」

力強く、そして堂々と、英鈴は皆に告げた。

「明日の店には、私が立ちます。そこで市に来た人々に、不苦の良薬を……」

たくさん知ってもらおうと思います。

そう続けようとした言葉は、新たに部屋に踏み入ってきた足音で止まる。

やって来た人影を視界に入れた時、最初に声を発したのは楊太儀だった。

「徐順儀《じょじゅんぎ》殿！」

強い警戒心を示すように眦《まなじり》を決して、楊太儀は相手を睨《にら》みつける。

「なんの御用ですの。今の話を聞いていたというのなら、他言無用でしてよ」

しかし徐順儀は、何も言わない。

かたや英鈴の胸は、緊張で高鳴っていた。楊太儀の言う通り、もし徐順儀が今の話を立ち聞きしていたのだとしたら——「董貴妃は勝手に銀鶴台を出ようとしていた。これは背信行為である」などと吹聴されれば、困ったことになる。

とはいえ、こうも思うのだ。

(もし本当に立ち聞きしていたのなら、彼女は黙ってこの場を離れているはず)

わざわざ部屋に踏み入ってきた理由はなんなのだろうか。

五つ数えるほどの間、徐順儀は口を閉ざしたまま、じっと英鈴だけを見つめていた。

それから彼女は、一歩だけ歩み寄ってくると、口を開く。

「董貴妃様。お話は伺いました。その上で」

この場にいる者全員の視線を一身に集めたまま、彼女は跪《ひざまず》いて頭を垂れる。

「私の伝手《つて》を用いれば、酔客たちを退け、かつ店の前に人を集められます。どうか、お任せいただけませんか」

「まあ、見え透いた真似《まね》だこと」

黄淑容がくすりと笑いつつ、徐順儀を冷たい目つきで見下している。

「そのような甘言を弄して、くだらない復讐《ふくしゅう》でもなさるおつもりですか?」

「……いいえ」

一瞬だけ黄淑容を睨みつけてから、徐順儀は再び真摯な表情に戻り、言った。

「董貴妃様、あなた様は私にお尋ねになりましたね。貴妃様が商家のご出身なのが、それほどまでに気に入らないのかと」

——琥珀糖《こはくとう》を考案する前の晩、秘薬苑《ひやくえん》でのやり取りだ。

「え、ええ」

「お答えします。私は」

立ち上がった彼女は、そこで少しだけ口を閉ざした。

そして何か頭の中で吹っ切れたように、続きを語る。

「私の母は、芸妓《げいぎ》です」

「芸妓……？」

音楽を奏で、舞を舞うことで生活する女性のことだ。英鈴がなんとも答えられない間に、さらに徐順儀は述べた。

「芸妓である母を、貴族である父が見初めて生まれたのが私です。ですから私は、あなたが許せなかった」

彼女はまっすぐに、こちらを見て話している。

「同じ平民の血が私より色濃く流れていながら、それを隠そうともしないあなたが許せなかった。平民だというのに、楊太儀様や黄淑容殿、呂賢妃様のような……本物の高貴な血の流れる方々と、怯《ひる》まずに接する姿が妬ましかった」

徐順儀の右手が、力強く自らの胸元を握った。

「だから私は、あなたを恨んだ。あなたに与《くみ》する人々をも、害そうとしました。それなのにあの日、秘薬苑で……」

董貴妃は、徐順儀を責めなかった。断罪の素振りすら見せず、手を差し伸べた。

「私は負けたのです」

「そんな、勝ち負けのつもりは」

「いいえっ」

力強く首を横に振ると、徐順儀は宣言するように告げる。

「己の敗北に、これ以上目を背けるわけにはまいりません。あなたに負けて、私は今ようやく……為《な》すべきが何かを理解したのです」

握っていた手を開き、静かに胸を手で押さえるようにしてから、彼女は言う。

「私の母が所属していた楽団は、旺華国でも有数のものです。今晩のうちに連絡をすれば、きっと彼女らは貴妃様の店の近くで公演をするはず。そうなれば――」

酔客たちの目すら醒《さ》まし、かつ、大勢の人を店の近くに呼び寄せられるはず。

「そのご許可を得たく、ここに参りました。貴妃様」

「徐順儀様……」

語り終え、軽く床に視線を伏せる彼女を、英鈴はしばしじっと見つめた。

「おいどうするんだ、董貴妃」

後ろから、こちらにだけ聞こえるような声量で緑風が言う。

「こいつはお前と対立する嬪《ひん》なんだろう。信用していいのか？　確かに楽団が近くで公演すれば、それだけ多くの人間が集まるだろうが」

「ええ」

緑風に、そして徐順儀に対して、英鈴は答える。

「徐順儀様、あなたを信じます」

「とっ、董貴妃様⁉　よろしいんですの？」

「はい」

心配そうな楊太儀を宥《なだ》めるように見つめてから、続けた。

「今のお話は徐順儀様にとって、語るだけでも辛《つら》いことだったはず。それを聞かせてくださったのだから……私はあなたを信じ、お任せいたします」

今まで何かとあると、英鈴を「薬売り」「商人の娘」と呼んだ理由。

そして貶《けな》し合うのではなく、自らの名を遺《のこ》すという前向きな戦いに身を投じるべきだと決めた意志。それらを聞けたのなら、あとは信じるだけだ。

「よろしくお願いします、徐順儀様。あなたの力をお借りします」

徐順儀は、拱手《きょうしゅ》してこれに応える。

「決まったわね」

しばし閉じていた目を開け、呂賢妃が言う。

「後はあなた次第だから、董貴妃殿。せいぜい、がっかりさせないで」

ともすれば、とても冷たく突き放すように聞こえる言葉だ。

けれど英鈴は、力強く拳を掲げて返事する。

「もちろんです、呂賢妃様！」

それは、ようやく実感できたからだ。

後宮を纏《まと》め上げ、一つの目的へと押し上げていく――その階《きざはし》に今、やっと足を掛けられたのだということを。

＊＊＊

天上の世界で流れるような、玄妙にして華やかな音楽が、耳に触れている。どこかの楽団が音曲を奏ではじめたか、それとも捨て鉢になって飲みすぎたあげくに、本当に天界に来てしまったか――

瞼《まぶた》を開けようとした男は、しかし、そのまま横たわっていることにした。

二日酔いで痛む頭を引きずって、無理やり目を覚ます必要もない。今は龍恵祭、至高の祭の最中だ。夢から醒めて現実に戻るのは、明日になってからで充分だ。

そう思って、男は再び酩酊《めいてい》と夢幻の世界に浸ろうとする。

けれどその時、誰かが自分の肩を揺さぶった。

「起きてください」

可憐《かれん》な、若い女性の声。はて、一体どこの誰であろうか。そう思いつつもまだ目を開けない男の鼻腔《びくう》に、今度は、何やら香ばしい芳香が届く。

胃がもたれ、やけに胸がムカムカとする今でも、食欲をそそられるようなこの匂い。

なんだこれは、と目を開けた視界に飛び込んできたのは――

「あれっ……」

ようやく目を開けた酔客の男性は、思いのほかはっきりとした口調で、こう言った。

「もしかして、董大薬店の英鈴ちゃんかい？」

「は、はい！」

言い当てられ、英鈴は慌てて頷《うなず》く。

「あなたこそ、もしや雨貞街《うていがい》の周《しゅう》さんですか？」

こちらの問いかけに、酔客――つまり周は、照れたように頷く。

龍恵祭の二日目、市が開いてすぐの朝。

手筈《てはず》通り、そして昨夜の言葉通りに、徐順儀の伝手で動いた楽団は、見事な演奏を始めてくれた。それに惹《ひ》かれた人々が次々と集まってくる中、英鈴はひとまず、今なお（恐らく昨日からずっと）店のすぐ傍《そば》で眠りこけている酔客に声をかけたのだ。

もし呂賢妃が言っていたように、同業の薬売りによる妨害だったら――と危ぶんでいたところ、相手はなんと顔見知りの薬売りの男性だった。

つまり薬売り本人が、眠りこけていたのだ。

「あの、じゃあひょっとして」

店の周囲には、まだあと四、五人ほどの酔客がいる。

「あの人たちも、みんな……？」

「ああ、そうさ」

飲みすぎで頭が痛むのか、額に手をやりながらも周は言う。

「俺と同じく、薬売りだよ。あいつらは桜州《おうしゅう》だの梨州《りしゅう》だの、まあ違うところで薬店をやってる連中だがね」

「そ、そうだったのですね」

こうして明かしてくれるということは、やはり妨害工作などではないのだろうか。思い切って、英鈴はそっと尋ねてみた。

「あの、なぜこんなところで眠っていらしたんですか？　私は今、このお店を手伝っていて……昨日は酔った方々がお店にいたと、店番の子から聞いたんですが」

「ええっ、そうなのかい⁉」

目をぱちぱちさせた周は、（今は緑風に任せている）店のほうを見やった。

「英鈴ちゃんが手伝うような店なら、そんなに気にする必要もなかったかなあ。いやね、俺とあっちで寝てる連中は、たまたま祭の会場で出会ったモン同士だったんだが……」

周の話は、このようなものだった。

偶然同じ卓で酒を飲みはじめた彼らは、同業ということもあって意気投合した。そうこうするうちに、「外で女の子から薬を貰《もら》った」という人物の話を偶然耳にする。なんでもそれは食べ物にしか見えない薬で、しかし、とても美味《おい》しかったらしい。

皆が不思議がり、気味悪がる中で、彼らは薬売りの自負もあり、店の所在地を探し出して向かうことにした。

だが向かう途中でも酒を買い、つまみを買って楽しむうちに、だんだん酔いが酷《ひど》くなってしまった。さらに、しばらくして辿《たど》り着いた店は、どういうわけか妙に店構えが立派で、しかも誰もいなかった。

「流れの変な奴が、妙な商売をやっているってふうでもない。さりとて、顔見知りの商人がやっているんでもない。だいたい、いくら祭だからって、売り物を無料で配るってのがよくわからないからな。で、店の主人が戻るまで待とうって言って、とりあえず酒を飲んでいるうちに……」

完全に酔ってしまい、店内で眠りこけていたと。

「まあ、やけっぱちになってたのもあるかもしれんな。これからもこういう店がタダで薬を配るってんなら、俺たちの商売も上がったりだってね」

「そ、そうだったんですね……」

英鈴は、悄然《しょうぜん》としながら相槌《あいづち》を打った。

どうやら自分は、あまりにも配慮が足りていなかったようだ。自分の父母と同じ市井の薬売りの人々に、要らぬ心労をかけてしまっていたなんて。

（噂《うわさ》という歪《ゆが》んだ形で情報が入ってきたら、自分たちの商売が脅かされると思うのも、当然の成り行きかも……）

――否。逆に言えば、今こそが好機だ！

気合を入れ直して、英鈴は傍らに持ってきていた小さな器を、周に見せる。

「あのっ、ご安心ください！　この店が広めているのは薬の服用法です。ほら、この通り」

「えっ？」

器の中身、つまり鬱金麻婆《ウコンマーボー》を見て、周は訝《いぶか》しんでいる。

「服用法って、これは麻婆豆腐《マーボードウフ》とお粥《かゆ》だろう？」

「鬱金《ウコン》と山椒《サンショウ》と丁子《チョウジ》と茴香《ウイキョウ》、それに粳米《こうべい》です」

こちらがそう告げた瞬間、周ははっと目を丸くした。それから頭痛も忘れたように、勢いよく立ち上がる。

「つ、つまり」

同じく立ち上がった英鈴から鬱金麻婆を受け取った彼は、匙《さじ》で掬《すく》ったそれに鼻を近づけ、驚きを隠せぬままに言った。

「これは料理じゃなくて、薬を食べやすくしているっていうことなのか？」

「はい、そうです。鬱金麻婆の小さな塊を粳米で包んで、それを揚げてですね……」

英鈴の説明を、周は頷きも忘れて聞いていた。

それから自分の顎を撫《な》でつつ、考えこむように呟《つぶや》く。

「ふうむ。これなら保存も利くし、客にも売り込みやすい。少しの手間で作れるようだし、面白い服用法だねえ」

「ありがとうございます！」

心からの笑顔で、英鈴は応える。

「同じ粳米を使った薬なら、例えば『麦門夏湯《ばくもんかとう》』なども、これと同じように揚げおにぎりの形にできるかと。ご興味があるなら、喜んで作り方をお教えしますよ！」

「うーん。しかし、味はどうなんだい？」

やや気後れした様子で、周は苦笑する。

「英鈴ちゃんもよく知っているだろうけれど、薬っていうのはけっこう特徴的な味のものが多いからね。いくら匂いや見た目がよくっても……」

「その点は大丈夫です！」

自信をもってきっぱりと、英鈴は胸を叩《たた》いて言った。

「誰でも苦しまず、苦みを感じずに服用できる方法ですから。『不苦の良薬』、と呼んでいます」

「ふ、不苦の……？」

耳慣れない言葉に周が顔を顰《しか》めた時、横合いから元気な少年の声が聞こえた。

「不苦のりょーやく!? お姉ちゃん、もしかして……」

（えっ、この声は！）

勢いよく見やると、そこには利発そうな、十歳くらいの男の子が立っている。英鈴はその子を知っていた。

「阿康《あこう》くん……！」

「やっぱり、英鈴お姉ちゃんだ！」

蓮州は龍淵村の少年、阿康。苦渇病《くかつびょう》に苦しむ村で、初めて味方となってくれた――そして英鈴が命を救った子どもである。

彼はぱっと目を輝かせると、一目散にこちらへ駆け寄ってきた。その姿を見て、胸の中から熱い気持ちがこみ上げてくる。英鈴は満面の笑みで、彼を迎えた。

「久しぶりね、阿康くん！　元気だった？」

「うん！　皇帝陛下の儀式が終わったし、村を代表して都までご挨拶に行くって村長が言ってたから、おいら、無理言って連れてきてもらったんだ！」

ほら、と彼が指さす先には、村長と、阿康の父親がいた。彼らはきょろきょろと辺りを窺《うかが》い、こちらに気づくや否や一生懸命に走り寄ってきている。どうやら、阿康は断りもなしに遊び歩いてしまっていたようだ。

「都って人がいっぱいだし、珍しいもんもいっぱいだね！　ビックリしたよ。ところで、お姉ちゃんは……あっ」

と、彼はぱっと自分の口を覆うようにした。

「ごめんなさい。お姉ちゃんじゃなくて、キヒ様？　って呼ばないといけないんだよね」

「えっ」

「なんだって、キヒ様？」

こちらのやり取りを静かに聞いていた周が、ははと豪快に笑う。

「何言ってるんだい、坊や。この子は永景街の董大薬店の英鈴ちゃんだよ。英鈴ちゃん、この坊やはどちらの子だい？」

「あ、えっと……」

どう説明したものか悩みつつ、とりあえず阿康に向かって唇に人差し指をあて「しーっ」とお願いする。どうやらそれで彼には充分通じたらしく、阿康はハッとした顔になると、同じく「しーっ」の姿勢をとった。

それから、周に対して告げる。

「おいらは蓮州から来たんだ。前に村に病人がたくさん出た時に、お姉ちゃんが助けてくれたんだよ！」

「なんだって、蓮州？　ずいぶんと遠いところじゃないか。英鈴ちゃん、後宮で働いてい

ると は聞いていたけれど、そんなところまで行っていたのかい」

「え、ええ。まあ……」

なんだか面映《おもは》ゆいような気持ちになって頷《うなず》くと、補足するように阿康が言う。

「お姉ちゃんの作るお菓子は、美味しいうえに病気が治っちゃうんだよ！　それに薬の飲ませ方も上手なんだ。だからその麻婆豆腐だってきっと美味しいよ。おいらが保証するね！」

「そ、そうなのかい？　じゃあ、まあ……」

促されるままに、周は匙をぱくりと口に運んだ。しばらくして彼は戸惑うような表情になると、そのまま二口、三口と食べている。

(ど、どうかしら)

どきどきしながら固唾を呑《の》んで見守っていると、周は唸《うな》るように言った。

「うまい……」

「本当ですか!?」

「ああ、こいつは本気でうまいな！」

完全に酔いも吹き飛んだ様子で、驚愕《きょうがく》と歓喜の入り混じった視線を彼は向けてくる。

「これを、英鈴ちゃんが？　一人で考えたのかい」

「いいえ、たくさんの方々に助言をいただきました。もしよかったら、ぜひ他の薬売りの方々も一緒に、お店に来てください！　酔い覚ましにいい飲み物もあります。もちろん、それの作り方もお教えしますよ！」

周は力強く頷き、楽団の演奏に目を醒《さ》ましてぼんやりしていた仲間の肩を叩いて、店へと入っていく。

その後、ようやくこちらへやって来た龍淵村の村長と阿康の父が、またも英鈴を「貴妃様」と呼びそうになったので、阿康と一緒に遮るような場面もあったが――

周とその飲み友達になった薬売りたちは、不苦の良薬の作り方を記した書き付けを、ほくほく顔で持っていってくれた。

この服用法、すなわち不苦の良薬を自由に使ってほしいこと、また知り合いの薬師や他の薬売りたちにも広めてほしいこと。英鈴の頼みを快く聞き入れて、彼らは店を退出した。

そして酔客たちの姿がなくなったことと、楽団に耳を傾ける人が増えたことで、ようやく客足も多くなっていく。

配る不苦の良薬は多くの客から好評を受け、またその客が別の人を呼ぶ、という形が徐々に完成しつつあった。

そんな中、客足が一段落した頃――翠玉の格好をした緑風が、店内でそっとこちらに話しかけてきた。

「そろそろ、宣伝に回ったほうがよさそうだな。僕が外に出るから、あとは頼んだぞ」

「えっ？」

英鈴もまた、声を潜めて問いかける。

「いいの、緑風くん？　私は構わないけれど……」

「作った当人のお前がここにいたほうが、客に話もしやすいだろ」

試供品をいくつか盆に載せつつ、平然と緑風は言った。それから、ずっときらきらした目で店の様子を見ている阿康に声をかける。

「おい、お前。笛を持っているようだな。ちょっと客引きを手伝ってくれよ」

「ん、いいよ！　前にも似たようなこと、やったことあるし。にしてもお姉ちゃん、見た目のわりにずいぶん乱暴な喋《しゃべ》り方するんだな。誰かに怒られないの？」

「うるさい！」

噛《か》みつくように言う緑風を、なんとか宥《なだ》める。そのうちに、阿康の隣で成り行きを見守っていた村長たちが、深々とお辞儀をした。

「貴妃、ああいえ、英鈴殿。ご事情は存じませぬが、こうして皆にお慈悲を垂れられることで、我が村のように救われる民がさらに増えましょう。誠に、あなた様がおわすのも龍神様のお計らいですじゃ」

「私の息子がそのお手伝いをできるのなら、光栄です」

「いいえ、そんな……！」

自分にとって大切な願いを確固たる形にできたのは、龍淵村の人々が不苦の良薬を受け入れてくれたからだ。

そんな感謝の気持ちを告げる間もなく、村長たちはお店の呼び込みを手伝うと言って、緑風や阿康と一緒に外に出て行った。

お客もちょうどいない店内で、一人きりになる。しかし外の喧騒《けんそう》や音楽は絶え間なく響き、その中で英鈴は胸の奥に温かなものを感じ、ふと嬉《うれ》しくなった。

(これまでにやってきたこと……悩んだ時も、辛《つら》い時もあったけれど。全部繋《つな》がって、今があるのね)

当たり前かもしれないけれど、幸せだ。

そんな気持ちに浸っていると、今度は、外から二人のお客さんが入ってきた。

「あ。おかあさん、あれ見て！　きれい！」

「まあ、本当ね！」

それは小さな女の子と、その母親。女の子は、瓶詰にして並べた琥珀糖に目を奪われている。そして英鈴は、彼女らの顔に見覚えがあった。

「ひょっとして、麗麗《れいれい》ちゃんとお母さんですか？」

「ああ、やっぱり！」

こちらから話しかけると、母親はにこりと微笑《ほほえ》んだ。

「先日はお世話になりました。美味《おい》しいお薬を出すお店があると聞いて、もしかしてと思って」

「そうだったんですね……！　来てくださって嬉しいです」

花神《かしん》による暗殺騒ぎがあった頃、焼餅《シャオビン》を使う服用法を教えた親子だ。

自分のことを覚えていて、しかも足を運んでくれたとは、なんてありがたい話だろう。

「こんにちは、おねえさん！」

「こんにちは、久しぶりね」

手を挙げて挨拶した麗麗に、同じく挨拶を返した後、英鈴は並んでいる瓶の一つを手に取って、彼女に渡した。

「はい、これは琥珀糖っていうの。よかったらどうぞ。とっても甘いから、お母さんと相談して食べてね」

「え〜っ、石はたべられないよ？」

「まあ、もしかしてお菓子なのですか？　これが……」

揃《そろ》ってきょとんとしている二人に、瓶の蓋を開け、食べるように促してみた。それぞれ一粒ずつ、そっと摘《つま》み取った彼女らは――指で何度か琥珀糖を押し、軟らかさを確かめてから、ぱくりと口に運んだ。

「わあ、あまい！　おいしい！」

「こんなお菓子、初めて……！　あなたがお作りになったの？」

「はい。でも、お家《うち》でも簡単に作れますよ！」

すかさず、英鈴は調理法を記した書き付けを取り出した。

「こちらにも図で描いてありますが、薬を飲む時に味を気にせず、喉越しよくできるんです。お子さんだけでなく大人の方でも、苦みや酸っぱさを気にせずにお薬を飲めるようになりますよ」

どうぞ、と言って書き付けを手渡すと、どうやら無料だとは知らなかったらしい麗麗の母は、戸惑うような表情を見せる。

「い、いいんですか？　なんだか、申し訳ないような」

「お気になさらず。でも、もしよろしければ」

きりっと眉を吊《つ》り上げて、英鈴は明るく言い放つ。

「琥珀糖の作り方と服用法を、ご近所の方々にも広めてくださるとありがたいです！　私はこの不苦の良薬を、できるだけ多くの人たちに知っていただきたいものですから」

「不苦の良薬……」

繰り返すように呟《つぶや》いた麗麗の母は、笑みを浮かべて応えてくれた。

「苦くないからそういう名前なのですね。わかりました、みんなに伝えます」

「よろしくお願いします！」

——少しずつでも、こうやって輪が広がっていけば。

そう思っていると、また別の人影が現れる。屋内に差す光を背景に、そこに立っているだけで身の引き締まる思いがするような、凄絶な雰囲気を漂わせた偉丈夫だ。

作り物のように整った顔立ち、そして無表情。この人物もまた、英鈴は知っている。

「炉灰《ろかい》殿、お久しぶりです！」

「お久しぶりでございます」

董貴妃とは呼ばずに、彼、つまり呂賢妃の兄君である炉灰は深く頭《こうべ》を垂れた。一方で、いかにも武人であるとわかる格好の彼を見て、麗麗の母もまた礼の姿勢をとっている。また、麗麗は——きっと炉灰の威圧感が恐ろしかったのだろう、母の後ろに隠れてしまった。

「……」

炉灰は、そんな幼子をちらりと見やった。それから、ほんのわずかに口の端を上向きにしてみせる。

（わ、笑った……？）

思わず戸惑ってしまうものの、すぐに笑みを消した炉灰がこちらを向いたので、姿勢を正した。すると、炉灰は口を開く。

「お蔭様《かげさま》で私の傷も癒え、母も壮健にしております。今日は、こちらで不苦の良薬が配られていると伺い、参上しました。我が麾下《きか》の者らのためにも、薬をいただいてよろしいでしょうか」

「ええ、もちろんです！　あっ、それでしたら」

並んでいる琥珀糖の瓶を手に取り、炉灰に見せる。

「ぜひこちらをどうぞ。使い方は、この書き付けに。どんなお薬でも簡単に飲めますよ」

「……」

受け取った書面を、彼はじっと見つめている。ただじっくり読んでいるだけだとわかっていても、やっぱり少し怒られているような気分になってしまうのは——

（呂賢妃様といる時とちょっと似ているかも）

そこまで考えてからはたと思いつき、英鈴はさらに付け加えた。

「この琥珀糖は、妹君にご助言をいただいて完成したものなのです。作る時にも、実際に手伝っていただいたんですよ」

「陽莉《ようり》が？」

妹の話題が出た瞬間、炉灰ははっとした面持ちになった。それから、どこか感慨深そうに語る。

「……そうですか、妹が。お役に立てたならば、何よりです」

「そのおかし、おいしかったよ！」

麗麗が、母の後ろから琥珀糖を指して声を発する。途端に母は、炉灰に頭を下げた。

「も、申し訳ありません。麗麗、駄目よ、大人のお話を邪魔しては」

「お気になさらず。ご夫人」

炉灰は無表情のまま、しかし真摯な態度でそう言った。そしてまたこちらに向き直り、静かに告げる。

「では、この琥珀糖を十瓶ほど。それからその料理と、飲み物も……書き付けは軍の者たちにも広め、伝えるようにいたします」

「ありがとうございます！」

満面の笑みで、英鈴は応えた。

――やはり、全部は繋がっている。自分のやってきたことには、無駄なんて一つもなかった。颯爽《さっそう》と店を出て行く炉灰、そして仲良く手を繋いで家路につく母娘《おやこ》を見送りながら、英鈴はまた、強くそんな想《おも》いを抱いた。


想いに浸っていられたのは、この時までだった。というのも、そこから先は店を訪れる客足が増えていき、とても余計なことを考えている暇がなくなってしまったからだ。

どうやら緑風と阿康による呼び込みは大成功だったらしく――また、楽団の歌と舞に心惹《ひ》かれた客たちは、想像以上に多かった。

妃嬪《ひひん》、そして宮女たちの支援を受けてあれだけ大量に作った不苦の良薬が、みるみるうちにたくさんの人々の手に渡っていく。

それが嬉しくてたまらない。曖昧な夢から生まれた結晶が、人々の役に立ち、心に残っていくのだから。

――自分はまだ、薬師ではない。けれどそれでも、人の世に薬を提供できている。

(阿圭《あけい》、見守ってくれてありがとう。私、これからも頑張るね)

あの日、薬が飲めなくて苦しんだ弟のような思いを、そして飲ませてあげられなかった幼く未熟な自分のような思いを、誰にもしてほしくない。

だからこれからもずっと、やれることをやっていくだけだ。

強い決意はさらなる力となって、英鈴を突き動かした。そして――


(ふう……!)

夕方、西日が差すようになった頃。鬱金麻婆の入っていた鍋を見ながら、英鈴は額の汗を拭った。

(あんなにたくさんあったのに、もうあと一食分しかないみたい)

けれど、それだけ多くの人たちに興味を持ってもらえたということだ。

わずかな疲れと共に心地よい達成感を覚えながら、伸びをした。

するとその時ふいに、外の喧騒が静まったのに気づく。

朝からずっと辺りを包んでいた人々の話し声、笑い声、そして音楽がやんでいるのだ。

(あれ? もう店じまいの時間だからかな)

それにしては、誰も喋《しゃべ》らないというのがおかしい。賑《にぎ》やかな帰りの時間というよりは、むしろ厳粛な雰囲気を感じて、英鈴は一人、訝《いぶか》しむ。

――もしかして、何か事件でも起こったのでは?

ついそんな嫌な考えが、頭に浮かんだ。様子を見に行こうかと受付台の外に出たその時、新しく現れた人影がある。

「あっ、いらっしゃいま……」

挨拶を途中まで口にしたところで、英鈴は素早く跪《ひざまず》いて頭を垂れた。

そこに佇《たたず》むは黄と朱の上衣を纏《まと》い、月に住まう女仙のごとき美しいかんばせを持つ人物。

この旺華国で最も尊ばれる皇帝陛下、朱心その人だった。

「ようこそいらっしゃいました、陛下」

「よい、そう畏《かしこ》まるな」

周囲に燕志《えんし》や文官たちを従えた朱心は、皇帝としての「表」の顔で鷹揚《おうよう》に言った。

「余が以前に許可を出した通り、そなたが不苦の良薬を配っていると耳にしてな。そなたらの邪魔にならぬよう、祭も終わりかけのこの時間に参ったのだ」

「お、恐れ入ります……」

拱手《きょうしゅ》し、頭を下げたまま話を聞く。なるほど、皇帝陛下が直接御苑《ぎょえん》に現れたから、皆平伏《ひれふ》して――それで、今のようにしんと静まり返っているのだ。

「さて、さっそくですまぬが」

と、朱心はにこりと笑って言った。

「ぜひ余にも、そなたの作りし不苦の良薬を試させてはくれぬか？　まだ残っていればよいのだが」

「はっ、はい！　今すぐに」

朱心に不苦の良薬を提供するのは、これまでに幾度となくやってきたことである。けれどこうして燕志以外の人も見守る中、「表」の顔の陛下にお出しするのは、なんだか久しぶりだ。

（そもそも、銀鶴台を離れてお店にいるなんて、お叱りを受けるかもしれないし……！）

初心に戻ったような心地になって緊張しながら、英鈴は鬱金麻婆に枳殻汽水《きこくきすい》を添え、琥珀糖も付け加えて、そっと盆に載せて差し出した。

「どうぞ、お召し上がりください。陛下」

「うむ」

話は既に通してあるのか、毒見を介することもなく、椅子に腰かけた朱心は静かに頷《うなず》いて匙《さじ》を手に取った。まずは鬱金麻婆を一口、それから枳殻汽水を口に含み、最後に琥珀糖を一粒。

長い睫毛《まつげ》に彩られた目がゆっくり細められ、その唇が不苦の良薬を食《は》んでいくのを、英鈴は呼吸も忘れる心地で眺めていた。

ややあってから、朱心は匙を置いて、こちらに向き直る。

それからフッと小さく声を漏らし、続けて告げた。

「うむ、やはりとても美味だな！」

「……！」

自分でもわかるくらいの笑みを浮かべてしまう。これまでの疲れも吹き飛んで、英鈴はもう一度平伏した。

「あ、ありがとうございます！」

「そなたの腕前は、以前から余もよく知るところだ。しかしこれほどまでの品を作り上げるとは、まさに研鑽《けんさん》と努力の成果といえよう。それに妃嬪たちをここまで纏め上げた、その手腕も称賛に値する」

そこまで言ってから、一度皇帝は口を閉ざす。

椅子から立ち上がり、跪いているこちらの眼前にまでやって来ると、こう言った。

「よくやったな、董貴妃。この旺華国を統べる者として、そなたの尽力に感謝しよう」

「もったいないお言葉です……！」

感動か、幸せか、それはわからないけれど、痛いくらいに胸を打つ感情があった。

ほとんど涙声になって謝意を述べた英鈴は、だからこそ、その時は気づけなかった。

「えっ、貴妃……？」

外で耳をそばだてて様子を窺《うかが》っていた人々——薬売りの周をはじめとする人たちが、囁《ささや》くように驚きの声を発していることに。

「おい、まさか……董貴妃って、英鈴ちゃんのことか？」

「そんな！　あっ、でも最近、董大薬店さんがてんやわんやだったたって話はどっかで」

「なあ翠玉ちゃん、君は何か知っているかい？」

戸惑う人々の視線が、外で待つ翠玉、つまりは緑風に突き刺さる。

しかし緑風は、冷静な笑みを浮かべていた。そして、同じように笑いを堪《たた》えている龍淵村の面々を後ろに従えつつ、静かに答えるのだった。

「ええ、存じています。あの方こそが、旺華国後宮の薬師……董貴妃様です」


かくて、史書にはこう記される。

旺華国第七十二代皇帝・朱心の代の龍恵祭において、不苦の良薬は初めて、多くの平民たちの知るところとなった。

この日を境に旺華国の薬学において、薬の効能のみならず服用法にも多くの注目が寄せられることとなる。また、健康増進のために飲みやすい薬を服用する、という習慣が徐々に民にも浸透していくきっかけが生まれた。

そして、その不苦の良薬を作り出したのは、後宮の貴妃にして「薬師」たる董英鈴。

女性に薬学は不要、という偏見が薄れる契機となったのは、言うまでもない。

英鈴が数多《あまた》の妃嬪を纏め上げ、後宮に光ある時代を築き上げていくその最初の一歩が、この龍恵祭の日にあったのだ。

＊＊＊

祭が終わった、その晩のこと。

「こちらが、本日のお薬でございます」

禁城の一室、いつもの部屋。恭しく英鈴が差し出した黄膠羹《こうりょうかん》を、燕志を介して受け取った朱心は、ニヤリと笑ってみせた。

「ご苦労だったな、董貴妃。すべてはお前の思惑通り、そして私の予想通りだったというわけだ」

「はい」

英鈴は拱手し、礼を述べる。

「銀鶴台から離れ、店におりましたこと……お許しいただけて、感謝申し上げます」

「龍恵祭なれば、それも許されたというだけだ。今後もし、似たような振る舞いをするつもりであれば……まずは、私の耳に入れてからにせよ」

——それはつまり、朱心に一言伝えてからなら無茶をしてもいいという意味だろうか？

疑問に思った英鈴がふと視線を上げると、朱心は黙して、黄膠羹を口にしていた。

不苦の良薬を、皇帝陛下に提供する。それはもちろん、これが最後ではない。

薬童代理は、「これからもする仕事」だ。

改めて言葉を介さずとも、その点については、英鈴も朱心も既に承知している。

(何があっても、私は……ずっと、この仕事をしよう)

強く胸の内でそう思っていると、薬を服し終えた朱心が、手巾《しゅきん》で口元を拭いてから言った。

「さて、もう理解しているだろうが」

朱心の鋭い双眸《そうぼう》が、こちらに向けられる。

「これより四日後、立后の儀を執り行う。それを過ぎれば、お前は名実ともに皇后の座に就くことになる」

「はい」

胸に手を当て、英鈴はきっぱりと応えた。

「覚悟はできております」

「フッ、そうでなくては困る。いずれにせよ、否《いや》が応《おう》でも覚悟は固まろうがな」

肘掛けを使って頬杖《ほおづえ》をつき、朱心は続ける。

「皇后ともなれば、義務と責任に応じて行えることはさらに増えよう。定められた責務の他にも……薬学の研究や市井の教育、慈善活動も含め、様々にな。ゆえに、ここに新たに命令を下す」

その眼《め》でこちらを指しながら、皇帝は厳命を告げた。

「その才を以《もっ》て、市井に蒔《ま》いた不苦の良薬の種をさらに芽吹かせよ」

「はいっ！」

――心臓が早鐘を打っている。でもこれは、恐怖でも緊張でもない。

純粋な喜びと、未来への希望だ。

「董英鈴、微力を尽くします！」

これこそが、董貴妃が最後に受けた勅令だった。

終章　英鈴、秘薬苑にて

龍恵祭《りゅうけいさい》の日に負けず劣らず、天は抜けるような青一色に染まっていた。

壮麗なる装飾の施された朱色の馬車が、大神殿の正門前に停《と》まる。

そこから降りてきたのは、一人の女性。

儀礼用の赤く麗しい上衣を纏い、金剛石をあしらった耳飾りを着けたその貴人は、自然な美しさが際立つ気品溢《あふ》れる化粧が施されたかんばせに、やや緊張を走らせている。

だがその面持ちも、神殿の階段前で彼女を待つ人物を目にした時、ふわりと明るくなった。

冕冠《べんかん》を頂き、黄金色の衣を纏い、微笑《ほほえ》む人物。

「待っていたぞ」

丁朱心《ていしゅしん》は、眼前の女性、董英鈴《とうえいりん》に手を差し伸べる。

英鈴は、少しだけ周囲の人の目を窺ってしまったものの、差し伸べられた手を静かに取った。

握った手に、互いに確かな温《ぬく》もりを感じながら、二人は神殿の階段を上る。

その先にあるは、中央の本殿。中には高楼と同じほどの高さを誇る巨大な龍神像があり、さらにその前に設けられた高台の上で、立后の儀が執り行われるのだ。

心の準備を整える間もないまま、英鈴は歩を進めていく。以前、ここを上った時は他の妃《きさき》たちも一緒だった。今日は、自分と皇帝陛下の二人きりだ。

(ど、どうしよう)

鼓動の音が耳元で聞こえてきそうだ。階段の下にいる文武百官や大勢の妃嬪《ひひん》、宮女たちにまで聞こえてしまったら、なんて本気で心配になってくる。

それ以前に、慣れない衣の裾を踏んづけてしまいそうだ。今日の儀礼の流れ、そして自分がとるべき所作については、雪花《せっか》たちに協力してもらって頭に叩《たた》き込んであるけれど。

(なんだか、自分が失敗するところばかり想像してしまう……!)

本当はもっと落ち着いて、この情景を目に焼きつけたいのに。

今日この日に、自分が密《ひそ》かに抱き続けてきた夢がようやく叶《かな》うというのに、こんなに緊張するなんて——と、なんだかもどかしい気分にすらなってしまう。

けれどその時、少し前を行く朱心が、小さく笑みを零《こぼ》した。

「ククッ、まったく。今からその調子では、先が思いやられるな」

他の誰にも聞こえないように、ごく小さな声で囁《ささや》かれる。というより、からかわれる。

思わずムッとしてしまうが、それと同時に、気づくこともあった。

（……陛下の手、やっぱり温かい）

あの晩、廊下の奥で初めて「裏」の顔を見た時――手を握られた時から、ずっと同じだ。

きっと、これからも同じなのだろう。

そう思うとなんとなく、緊張が解けていくように思えた。

そして階段を上りきった先、祭壇の上に、大きな冠が安置されているのに気づく。

形は大きく丸い帽子のようであっても、真紅に彩られた有様《ありさま》は、まさに偉容といえるほどだった。縁は黄金、赤い錦で作られたその冠には、親指ほどの大きさの瑠璃《るり》や紅玉《こうぎょく》、さらにそれを飾る小粒の真珠が隙間なく施されている。

あれこそは、旺華国《おうかこく》皇后の証《あかし》。

後宮の頂点たる女性にしか被《かぶ》ることを許されない冠である。

（い、いよいよね……！）

思わず、喉を鳴らしてしまう。

握っていた手を離して先に階段を上った朱心が、冠を持ち、くるりとこちらを向く。

英鈴はその前に行き、跪《ひざまず》いた。

頭上から、階下の臣民たちすべてに聞こえるように朗々と、朱心の声が響く。

「これなるは董英鈴、貴妃《きひ》の座に就きし者。なれどその才は誉れ高く、功績は大きく、また仁徳を兼ね備えている。ゆえに、ここにこの者を皇后に冊立する」

そこで一度口を閉じ、朱心は冠を高く掲げ持つと、厳かに問うた。

「董英鈴よ。皇后の任を全うし、我が国のためその力を尽くすと、龍神に誓うか？」

「はい」

心からの宣誓を神に、そして朱心に捧《ささ》げる。

「私の一生を懸けて、力を尽くすと誓います」

——この一言を以て。

立后は成り、英鈴の頭上に、冠が載せられる。

(重い……！)

重量が、というだけでなく、それは責任の重さでもある。

けれどそれは、いっそどこか幸福な重みでもあった。

「皇帝陛下、万歳！　皇后陛下、万歳!!」

階下の臣民たちは一様に平伏《ひれふ》しながら、寿《ことほ》ぎの言葉を口にする。

「立て。そして、皆に応えてやれ」

こちらの耳にしか届かない声音で、朱心が促す。なんとか立ち上がった英鈴は、振り返り、皆に向かって小さく手を振った。

万歳の声は、いよいよ大きくなる。


この日、このようにして無事に立后の儀は果たされた。

以降、皇后・董英鈴の下に、朱心の後宮は遂《つい》にその完成をみる。

なお、空位であった徳妃《とくひ》の座には、出自と美貌、何よりこれまでの董皇后に対する友愛と献身が評価され、楊太儀《ようたいぎ》が就くこととなった。

すなわち貴妃と太儀の座は新たな空位となり、それを巡り嬪《ひん》たちは、これからも鎬《しのぎ》を削るだろう。

なれど、今は――この国の誰よりも、英鈴は幸せだった。

＊＊＊

満月が空に昇り、辺りを明るく照らしている。

周囲には梅の香《か》が満ちていた。花は既に盛りを過ぎ、芳香も少し薄まってはいる。

けれど季節は巡り、命も巡っていくもの。梅が散れば桜が、桜が散れば橘《たちばな》が、また秘《ひ》薬苑《やくえん》に瑞々《みずみず》しい美しさを齎《もたら》すだろう。

そう、ここは秘薬苑。そして――

（……どうしよう）

亭子《あずまや》の下で、英鈴は頭を抱えていた。あの冠は儀礼用のものなので、今は既に被っていない。しかし来たるべき時間が刻々と迫っているのを感じて、とてつもない緊張に襲われているのだ。儀式の時よりも、もっと強い緊張感である。

（絶対に私、今ここにいるべきじゃないのに）

本来なら、皇后としての宮に下がって、その時を待っているべきなのだ。

でもどうしてもじっとしていられなくて、「ちょっと外の空気を吸ってくる！」なんて無理を言って、こうして秘薬苑に来てしまっている。

「はあ……」

ため息をついて、周囲を見渡した。いつ来ても、ここの風景は変わらない。

初めて訪れた時も、今も。

(一目見るだけでも、って思っていた場所に……まさか、今は皇后としているなんて)

ひょっとして夢でも見ているんじゃないかと思えてしまう。けれど握った拳の、爪が手のひらに食い込む感触が、間違いなくこれが現実だと教えてくれた。

——これからの自分は、後宮を束ねる立場だ。

今までのように気楽にはできなくなるだろうし、また迷って、戸惑って、泣き言を言いたくなる時も来るかもしれない。

(だけど、絶対に諦めない！　今日の出来事だって忘れない。私はこれからも、陛下のお傍《そば》で……)

「わあっ⁉」

「何をしている」

いつものように気合を入れようとしたところで空振りして、思わず大声を出してしまった。慌てて振り返ると果たして、そこにいたのは皇帝たる朱心その人である。

「へ、陛下。あの、ご機嫌麗しく」

「華燭《かしょく》の儀の当日に、当人が何をしている——と問うたのだがな。私は」

黄と朱の装いに、音もなく現れ、呆《あき》れた口調。それは普段と同じだけれど、語る表情は、柔らかな笑みを浮かべている。

皇帝としての「表」と「裏」、双方がない交ぜになったような不思議な表情。

二人きりの時にしか見せない顔。

「あ……！」

どきん、と心臓が跳ね上がる。それをごまかすように立ち上がり、英鈴はまごついた。

「ええと、も、申し訳ありません。どうしても居ても立ってもいられなかったというか、なんというか」

「待て、落ち着け」

こちらの肩にぽんと手を置いて、朱心は言った。今度はちょっと呆れ顔だ。

「そのように慌てふためいて、怪我《けが》でもしたらどうする。我が皇后となったからには、許可なくその身を傷つけることを許さぬ。気をつけよ」

「は、はい。重々気をつけます」

（……許可を貰《もら》って怪我する時なんてあるのかしら？）

そう思ったら、逆に冷静になった。

肩に手の温もりを感じたまま、英鈴は眼前の朱心の顔を見上げる。怜悧《れいり》な瞳が、まっすぐにこちらを見ている。自分だけを。

「……ふむ、しかし」

ふいに、朱心は言った。

「少し風が出てきたか。寒いな」

「え……」

ならば何か、羽織るものでも——と、口にしようとしたその時だ。

ふわりと身体《からだ》を包んだのは、大きくて優しい温もり。

朱心が力強く、英鈴を抱き締めたのだ。

（陛下……！）

急なことでまた、鼓動が激しくなる。背中に触れるのは、彼の手と腕の温かさ。そして朱心の胸元に、自分の顔は埋まっている。

——抱き締められるのは、これが二度目だ。前は物陰に隠れるために、抱き寄せられてこうなった。

（でも今は、全然違う）

あの時はそれこそ、焦って恥ずかしがるばかりだったけれど、今は違う。

大好きな人の愛おしい温もりに包まれて、心の底から安心できるから。

そして、大好きな人を抱き締められることが、どれだけ幸せかも知っているから。

英鈴は、そっと朱心の背に腕を回した。そしてそのまま、力を籠めて抱き締め返す。

「陛下」

胸に顔を埋《うず》めたまま、英鈴は言った。

「私、とても嬉《うれ》しいです。これからもずっと、頑張りますから……」

「待て」

朱心の手が、壊れ物に触れるようにそっと頭を撫《な》でていく。

顔を上げると、皇帝は常になく穏やかで、静かな微笑《ほほえ》みを湛《たた》えたままで言った。

「これよりは……二人きりの時は、名前で呼んでくれないか」

(えっ)

少しだけ驚き、だけど、受け入れないはずもない。

「わかりました。では、ええと……朱心様」

告げたその刹那、朱心の目に強い歓喜の光が満ちる。

「英鈴」

幸福を嚙《か》み締めるように優しい声音で、朱心はこちらの名を呼んだ。

そしてもう一度、強く搔《か》き抱《いだ》く。

「……英鈴」

今度は、甘く耳朶《じだ》に触れるように囁《ささや》く声で、名を呼ばれる。それがたまらなく嬉しくて、英鈴は黙って頰を朱心の胸に擦り寄せた。

朱心は、変わらぬ声音で語りかける。

「これよりは私の両肩に、今以上の重責がのしかかるだろう。だが、もはやそれを苦に思いはしない。お前という良薬が、傍らにいてくれるのだから」

（……良薬……！）

そう思ってもらえることが、どれほど幸せなことか。胸の内を満たす熱い気持ちに突き動かされるように、英鈴は顔を上げて、朱心に告げた。

「はい、朱心様」

涙が零《こぼ》れそうになりながら、けれどそれよりも、明るい笑顔で。

「ずっと一緒ですよ。これからも私、ずっとお傍にいます」

朱心の面持ちがふわりと、さらに柔らかなものになった。その手が背から、前へと回される。彼の指先が頰を撫で、顎に添えられた。

そして目を閉じた瞬間、唇と唇が重なる。

温かくて、どこまでも甘く、密《ひそ》やかで幸せな感触。

息がかかるところまで離れて、またもう一度。何度でも。

——夜が更け、時が訪れるまで、英鈴と朱心はずっと寄り添っていた。

かくて、旺華国における『薬妃記《やくひき》』は終わりである。

朱心はこの後、史上有数の名君として様々な偉業を成し遂げ、董英鈴もまた皇后として、国に多くの発展を齎していく。

しかしながらその顚末《てんまつ》は史書の『薬后記《やくこうき》』を読み、また今日の旺華国の医学・薬学院に多くの女性が通う様を目にしたならば、きっと語るまでもないことであろう。


(『旺華国後宮の薬師』完)

参考文献

入江祥史『寝ころんで読む金匱要略』中外医学社、二〇二〇年
薬日本堂・監修『全改訂版　薬膳・漢方検定公式テキスト　日本漢方養生学協会　認定』電子書籍版、実業之日本社、二〇一九年
田中耕一郎『生薬と漢方薬の事典』日本文芸社、二〇二〇年
安井廣迪『改訂版・医学生のための漢方医学［基礎篇］』改訂版、東洋学術出版社、二〇二一年

あとがき

こんにちは、甲斐田紫乃《かいだしの》です。

英鈴《えいりん》と朱心《しゅしん》の物語も、お蔭様《かげさま》でついに完結を迎えました。

ここまで応援してくださった読者の皆様、本当にありがとうございます！

無事に英鈴は宮女から嬪《ひん》になり、妃《きさき》になり、そして皇后になれました。

その顛末《てんまつ》を最後まで心残りなく描けたことを、作者としてとても嬉《うれ》しく思います。

最終巻は、これまでの物語の総決算として書きました。そういうわけで、シリーズに出てきたキャラクターたちには、可能な限り再登場してもらいました。

華やかなお祭りにふさわしい、賑《にぎ》やかな内容になったのではないかと思います。

ここまで英鈴も苦労の連続でしたが、これから先は、明るくて楽しい毎日を送ってほしいものですね。少し大変な出来事があったとしても、朱心もいますし、彼女のことですから、きっと難なく乗り越えていってくれるでしょう！

シリーズを通じて素晴らしい表紙イラストを描いてくださった友風子《ゆうふうし》先生と、ここに至るまで本当にお世話になった担当編集さまに、厚くお礼申し上げます。

ここまで執筆してこられたのは、紛れもなくお二人のお力あってこそです。

また、コミカライズをご担当いただいている初依実和《はついみわ》先生にも、改めて感謝申し上げます。

原作はこれにて完結ですが、コミカライズの連載は続いております。英鈴たちの生き生きした姿や活躍の数々を、これからはぜひコミックスにてご覧ください！

それではまた、別の作品でお会いできれば幸いです。

どうか皆様に健やかで、素晴らしい日々が続きますように！

ここまで読んでくださって、ありがとうございました。

甲斐田紫乃

どんな困難も、自分の力でしなやかに乗り越えていく
英鈴の快進撃に、毎巻心躍りました。
優しく、芯の強い彼女を描くのが本当に楽しかったです。
4年間、本当にありがとうございました！

富士見L文庫

旺《おう》華《か》国《こく》後宮《こうきゅう》の薬師《くすし》 7

甲斐田《かいだ》紫乃《しの》

2023年7月15日　初版発行

発行者　山下直久
発　行　株式会社 KADOKAWA
〒102-8177　東京都千代田区富士見2-13-3
電話　0570-002-301（ナビダイヤル）

印刷所　株式会社暁印刷
製本所　本間製本株式会社
装丁者　西村弘美

定価はカバーに表示してあります。　◇◇◇

●お問い合わせ
https://www.kadokawa.co.jp/（「お問い合わせ」へお進みください）
※内容によっては、お答えできない場合があります。
※サポートは日本国内のみとさせていただきます。
※Japanese text only

ISBN 978-4-04-075036-1 C0193

旺華国《おうかこく》後宮《こうきゅう》の薬師《くすし》
後宮の官女が目指すは、『おいしい』処方――!?
漫画 初依実和
原作 甲斐田紫乃
キャラクター原案：友風子
ComicWalker
にて
コミカライズ連載中!
恋より熱い、なにか。女性が読む青年誌
B COMIC BRIDGE
毎週 月・水・金 更新
連載サイトはこちら➡
コミックブリッジ 検索